KB117967

개포동
김갑수씨의
사정

개포동
김갑수씨의
사정

허지웅 소설

아우름

아름다운 것에 끌리는 건 동물의 본능이지만
아름답지 않은 것을 **사랑**할 수 있는 능력은
인간만의 오래된 특권입니다

작가의 말, 이라고 쓰는 데까지는 간신히 성공했지만 이 책에 쓸 이야기는 이미 탈탈 털어 다 써버렸습니다. 그래서 그냥 아무렇게나 딴소리를 좀 늘어놓자면, 그러니까 확실히 마리 앙투아네트는 억울했을 거라고 생각합니다. 프랑스 혁명 당시 그녀는 "우리에게 빵을 달라"는 민중의 구호에 대해 "빵이 없으면 케이크를 먹으면 되지 않을까"라는 의문을 흘렸다고 하지요. 그녀가 정말 그렇게 말했을까요. 그건 중요하지 않습니다. 세상에는 서로 이해할 수 없는 사람들이 존재합니다. 계급사회에서 제도상의 위계로 나뉘어 서로 완벽하게 괴리된 삶을 살아야 했던 사람들이 서로를 이해하지 못했다는 건 지극히 자연스러운 현상입니다.

앙투아네트의 일화가 오래된 가십을 넘어 우리에게 어떤 식으로든 의미 있는 논의의 꼴을 갖추려면 이 닫힌 사회의 딜레마가 중세나 지금이나 여전히 진행형이라는 데서 출발해야 할 겁니다. 세상은 아메리칸드림을 용인하지 않습니다. 아메리칸드림을 불가능하게 만드는 수많은 장치들 가운데 가장 효과적인 건 아메리칸 '드림'이라는 수사 자체입니다. 세상을 운영하는 자들은 이 꿈을 마약처럼 권합니다. 그러나 우리는 우리의 출신에 허락된 꼭 그만큼의 현실을 살아나가야만 합니다.

물론 전과 마찬가지로 너희들도 언제든지 셀러브리티로서의 삶을 살 수 있다는 환상이 존재합니다. 정말 그럴까요.

여기 걸맞은 설명으로는 데이비드 린치가 연출한 영화〈엘리펀트맨〉을 인용할 필요가 있겠습니다.〈엘리펀트맨〉은 실제 다발성 신경섬유종증이라는 희귀병으로 심각한 기형을 가졌던 존 메릭의 일화를 다룹니다. 코끼리 인간이라는 조롱을 들어가며 서커스단에서 살던 존 메릭은 어느 고귀한 인격을 가진 의사의 도움으로 구출됩니다. 그는 왕립 병원의 쾌적한 환경에서 살아가며 영국 상류층 사교장의 유력한 스타가 되지요. 존 메릭을 만나보는 일은 어느덧 당대 교양인의 필수적인 사교 코스가 된 것입니다.

이것을 존 메릭의 인생 역전으로 볼 수 있을까요. 아닙니다. 사교장의 셀러브리티가 된 이후에도 존 메릭은 여전히 '서커스의 괴물'로 기능합니다. 일종의 구경거리죠. 거리를 내달리며 "나는 사람이다"라고 비명을 지르던 존 메릭은 결국 자기 방에서 자살합니다.

TV를 틀고 라디오를 켜고 책을 읽으면 지금 당장 박차고 일어나 무슨 짓이든 해서 성공해야만 할 것 같습니다. 성공하지 않는 삶은 뒤처지는 삶이고 뒤처지는 삶은 불행한 삶이니 지금 당장 신분 상승을 위해 노력하라고 외칩니다. 맞습니다. 사람들은 노력으로 신분 상승이 가능하다 말합니다. 그 희박한 일말의 가능성은 너희도 언제든지 TV 속의 저 화려한 사람들처럼 될 수 있다는 일종의 희망고문으로서 사회적 역할을 합니다.

그러나 대부분의 경우 우리는 존 메릭과 다르지 않습니다. 오늘날 거의 모든 성공은 노력이 아닌 운으로, 혹은 타인의 연민으로 가능해집니다. 혹은 『1984』의 거짓 전쟁처럼 미디어를 통해 가짜 성공과 신분 상승이 '선전'됩니다. 그나마 오래 지속되지도 않습니다. 운은 일시적이고, 연민은 매우 빠른 시간 내에 휘발되기 때문입니다. 한번 불쌍했던 사람은, 연민의 체온이 식고 난 이후에는 그냥 늘 그렇게 불쌍했고 불쌍하며 앞으로도 불쌍할 사람으로 남는 겁니다. 이 기괴한 착취의 순환은 성공을 향한 더 큰 욕망으로 대물

림되면서 세계의 경계를 더욱 두텁게 쌓아올려왔습니다.

  그런데 이런 세상임에도 단지 그것이 아름답다고 말하는 사람들이 있습니다. 우리들은, 이 세상은 그 자체로 이미 충분히 아름답다며 자애로운 표정을 짓는 작가들이 있습니다. 너희들을 응원한다 뿌잉뿌잉, 뭐 이런 소리를 늘어놓지요. 저는 이런 사람들을 꽤 경계하는 편입니다. 그들 가운데 대부분이 제도권 안에 안전하게 정착해서 살아가고 있음에도 정작 입으로는 근거 없는 종교적 낙관으로 삶을 낭비하라며 주변에, 특히 젊은 세대에 강권하기 때문입니다. 이 마약과도 같은 낙관은, 그러나 현실과 동떨어져 있습니다. 우리가 살아가는 세상은 전혀 아름답지 않습니다. 찰나의 경우로 존재하는 일말의 어떤 아름다움들은 이 세상이 아름답지 않다는 사실을 인정할 때 비로소 드러날 수 있습니다. 그러나 세상의 추악함에 대해 솔직히 말하는 사람들은 아쉽게도 그리 많지 않습니다.

저는 아름답지 않은 세상을 사랑하는 방법에 대해 이야기하려는 겁니다. 우리는 세상이 아름답다는 거짓 낙관 없이도 세상을 사랑할 수 있습니다. 거짓 낙관은 궁극적으로 삶을 혐오하게 만들지만, 혐오스러운 세상을 인식하고 있음에도 그 추함을 사랑할 수 있는 사람은 신분 상승이 아닌 더 나은 삶을 모색할 수 있습니다. 아름다운 것에 끌리는 건 동물의 본능이지만 아름답지 않은 것을 사랑할 수 있는 능력은 인간만의 오래된 특권이기 때문입니다.

개포동의 김갑수씨는 괴물이었을까요. 갑수씨가 끊임없는 연애를 통해 증명하고자 했던 건 무엇일까요. 그 또한 "나는 사람이다"라고 외치고 있었던 걸까요. 아무래도 모르겠습니다. 제가 갑수씨에 대해 아는 거라고는, 그가 추한 것을 추하다고 말할지언정 결코 그것이 세상에 존재하지 않는 것처럼 굴거나 추함에 전염될까봐 눈을 감아버리지 않았다는 겁니다. 그가 괴물이라면, 저는 아마도 세상에서 가장 사려 깊은 괴물을 만났던 것 같습니다.

그가 이 세상 어디에선가 제가 아닌 또다른 누군가에게 그런 마음을 알려주고 가르쳐주길, 더불어 타인의 불행에 귀기울이며 함께 미소지어주기를 기원해봅니다. 추하고 일그러지고 상처받은 세상을 사랑합니다. 그런 마음을 모아 이 책을 펴냅니다.

2014년 2월

허지웅

차례

1

내가 지나간 **옛사랑**에게
얼마나 사무치게 **쌍놈**이라
하늘의 분노를 샀기에

세상일이라는 게 참 별 볼 일 없는 농담 한줌이라는 걸, 별
볼 일 없는 무대 위의 별 볼 일 없는 만담가가 내뱉은 그저
그런 콩트 같은 것이라는 걸, 그러니까,

아주 가끔 깨닫고 대개 까먹는다.

이를테면 개포동 사는 김갑수씨의 사정이 그렇다. 내 기억
속의 갑수씨는 지나간 옛사랑을 잊지 못해 촛불처럼 떨어대

며 주접을 부리는 사내였다. 그는 옛사랑을 어렵게 떠나보내고 6개월 동안 무려 여덟 번의 연애를 휘몰아치듯 해치웠다. 사람은 사람으로 잊어야 한다는 주위의 강권 탓이었다. 귀가 얇은 갑수씨는 그걸 곧이곧대로 받아들여 여자사냥의 귀재마냥 행동했다.

작년 여름 오랜만에 마주쳤을 때 그는 세 명의 여자를 동시에 만나고 있었다. 그 가운데 한 명은 띠동갑이었다. 과연 골드만삭스적인 연애라 우리는 갑수씨를 월스트리트 황소 동상 보듯 하였다. 부러웠지만 콱 성병이나 걸려버려라, 비웃으며 그의 고추를 연민하기도 하였다. 소문에는 정말 성병에 걸렸던 거 같은데. 남자에게는 증상이 없는데 여자에게만 증상이 나타나는, 그야말로 성차별적인 성병이라나 뭐라나.

아무튼 그런 그가 뒤늦게 이성을 잡아차린 건 구로동의 최말자를 만나고 나서였다. 만나자마자 결혼신고부터 하자고 졸라댔다는 말자씨는 거짓말을 밥먹듯 하고 신뢰를 저버리길 아침에 똥싸듯 하다가 결국 갑수씨로부터 이별 통보를 받았다. 전해 듣기론 이후가 더 가관이었는데 눈앞에서 칼로 자해를 하지 않나, 딱 한 번 본 갑수씨 친구들에게 새벽녘 전화해 "내가 어젯밤 고양이를 죽였다, 무슨 짓을 저지를지 모르겠다, 그런데 이 모든 건 갑수씨 귀에 들어가라고 하는 이야기는 아니다"라는 이야기를 늘어놓지 않나, 자해했을 때 썼던 문구용 칼을 갑수씨 방 한가운데 던져놓고 가지를 않나, 그런 식이었나보다.

갑수씨는 "내가 지나간 옛사랑에게 얼마나 사무치게 쌍놈이라 하늘의 분노를 샀으면, 이제 와 이런 쌍년을 만나 개고생을 하느냐"며 소같이 울어대곤 하였다. 갑수씨는 이후로도 몇 번의 연애를 더 했지만 잘 되지 않았다. 아무래도 집중을 못하겠다더라. 골드만삭스적 연애는 부도를 맞고 쓰러졌다.

몇 달 만에 다시 만난, 나보다 더 말라버린 제3세계 갑수씨가 새로운 이야기를 들려주었다. 지나간 옛사랑에게 몇 주 전 뜬금없이 문자가 왔단다. 갑수씨도 이제 좋은 사람 만나세요. 갑수씨의 마음은 터질 듯 요동쳤다. 그건 당신이 이미 좋은 사람을 만나고 있다는 말인가요? 답문이 도착했다. 좋은 사람을 만나고 있어요, 저를 울리지 않는 사람이에요. 갑수씨는 그날 밤 소주 세 병을 연달아 처마시고 발가벗은 채 개포동의 밤거리를 달리다 전봇대에 이마를 박아대며 구슬피 울었다고 한다. 나는 그 구질구질한 광경을 눈으로 보지 못해 내심 다행이라고 생각했다.

그 일이 있은 지 며칠 후, 입이 돌아갈 때까지 술을 들이마신 갑수씨가 그야말로 충동적으로, 아 정말 해서는 안 될 일을, 그러니까 옛사랑의 싸이 홈피에 들어가보았단다. 갑수씨를 의식하는 건지 아주 오랫동안 업데이트가 이뤄지지 않고 있었다. 그러나 재수가 없으려면 모로 가도 그렇다고, 갑수씨는 왼쪽 상단의 자그마한 기분 아이콘을 보고 끝내 절규하고야 말았다. 글쎄, 무려 '황홀'이었다고. 황홀. 행복도 아니고 그러니까 황홀. 황홀해서 새벽까지? 뭘 어떻게 하길래 황홀이래 글쎄, 그런 말을 퍼부어대며 나는 낄낄거리고 좋아했다. 나의 웃는 모습을 보는 갑수씨의 얼굴은, 놀랍게도 한결 평안해 보였다. 그 모든 지옥이 사실 별거 아니라는 자기 확인이 필요했는지.

그래서, 남의 독한 사정도 듣다보면 결국 농담 같은 것이다. 이걸 마음에 구겨넣어 척추에 새기고 원래 알고 있었던 것마냥 간직할 수 있다면 좋을 일이지만, 아까도 말했듯이 이런 건 가끔 깨닫고 대개 까먹고야 마는 것이다. 내가 나중에 저런 독한 일을 겪게 되거나, 그런 일로 괴물이 되고 나면, 내 불우한 사정 이야기로 갑수씨나 웃겨주어야겠다. 갑수씨에게는 듣기 재미있는 농담일 것이다. 웃는 갑수씨를 보면 나도 수월해질 것이다. 산다는 것 말이다.

2

소주 세 병을 마시고

개포동 밤거리를 나체로 내달리다

전봇대에 머리를 박아대며 울부짖던

갑수씨의 불운한 연애사

개포동 김갑수씨를 다시 만난 건 그로부터 한 달 뒤였다. 의외의 환한 모습이라 나는 당황하고 말았다. 헤어진 여자 친구가 다른 남자를 만난다는 소식을 듣자마자 소주 세 병을 연달아 마시고 개포동의 밤거리를 나체로 내달리다 전봇대에 머리를 박아대며 울부짖던 사람의 몰골이라고는 찾아볼 수 없었다. 그는 흡사 이제 막 고액연봉을 약속받은 엘리트 신입사원의 우아함이라도 이식받은 양 느릿느릿 움직이며 찻잔을 휘젓고 있었다. 낭패다, 라고 나는 생각했나. 나는 어느새 갑수씨의 불운한 연애사를 굉장히 즐기고 있었던 것이다. 이 정도로 벌써 행복해지면 안 돼. 혹시 그 이름 복잡한 성병이 완치된 게 아니라 머리까지 들쑤셔버린 걸지도 모른다. 그때 시종일관 미소를 띤 채 커피를 홀짝이고 앉아 있던 갑수씨가 입을 열었다. 혹시 지웅씨는, 그러니까,

남자와 여자 사이에 진정한 우정이 가능하다고 생각하십니까?

아주 잠깐 동안 나는 그가 도를 믿느냐고 묻는 줄 알았다. 그의 몽롱한 억양을 확인하고 나서야, 나는 개포동의 김갑수씨가 여전히 제정신이 아니라는 걸 알 수 있었다. 기분이 좋아졌다. 나는 대충 둘러대고 이야기를 재촉했다. 갑수씨의 설명은 이랬다. 얼마 전 연상의 여인을 만났다. 우연히 술을 한잔 마시게 되었는데 이상하리만치 서로 잘 맞더라는 거다. 둘은 친구가 되기로 했다. 아무래도 정말 절친이 된 모양이었다. 맛집도 찾아다니고 영화도 보고 심지어 무슨 집회 현장을 찾아가 같이 데모도 했다고 한다. 데모, 라는 단어를 발

음하면서 잠시 민주투사의 낯빛으로 바뀌어 부르르 떨던 갑수씨는 예의 우아한 자세로 돌아가 다음과 같이 말했다.

우리가 매번 연애에 실패하는 건, 어쩌면 '남자'와 '여자'가 서로의 존재에 대해 너무나 모르는 상태에서 그것을 알려고 하지도 않아가며 시행착오를 반복하기 때문일 겁니다. 저는 요번에 이 이상적인 우정을 통해서 여자라는 존재에 대해 진지하게 탐구해볼 생각입니다.

건투를 빕니다.

이후 갑수씨에게서 한동안 연락이 없었다. 헤어진 여자친구를 잊기 위해 성병 걸려가며 미친 듯이 섹스에 탐닉했던 우리들의 개포동 정자왕 김갑수씨가 느닷없이 연애박사 행세를 하려는 이유가 잘 이해되지 않았고, 짜증마저 조금 났기 때문에 굳이 먼저 연락을 하지는 않았다.

어느 날이었다. 종종 어울리는 동네 무리의 술자리에 뒤늦게 합석하다가 테이블 구석에서 갑수씨를 발견했다. 어딘가 얼이 빠져 있는 표정이었다. 술잔을 들고 갑수씨 옆자리에 앉으며 물었다. 어떻게, 여자라는 존재에 대해 진지하게 탐구한 결과가 나왔나요. 갑수씨의 초점 없는 눈이 나를 바라보았다. 아니요. 망했습니다.

얼마 전 그 연상의 여인이 갑수씨 집에 놀러간 모양이었다. 집으로 찾아온다는 전화를 받고 갑수씨는 잠시 망설였다. 그러나 금세 친구니까 상관없다고 결론지었다. 우리는 최고로 이상적인 우정을 나누고 있으니까! 그녀가 도착했다. 정말 친구처럼 어려워할 것 없이 편하게, 맥주를 같이 마셨다. 그리고 섹스를 했다. 응? 섹스를 했어? 아니 그게 그러니까 뭔가 너무나도 자연스럽게 정말 섹스를 하고야 말았다.

그 섹스로 말하자면 확실히 대단한 것이었다고 한다. 갑수씨의 성기는 그가 뭘 하고 말고 할 겨를도 없이 친구 입안에서, 항문 안에서, 허벅지 사이에서 4대강을 가르는 로봇물고기의 기세로 종횡무진 돌아다녔고, 연상의 친구는 이 방면의 명장 칭호를 받아도 이상하지 않을 강약중강약과 덩기덕쿵

덕을 총동원해 언제 사정했는지 안 했는지도 모르게 갑수씨를 자빠뜨리고 말았다. 정말 그런 섹스는 처음이었어요. 그렇게 말하는 갑수씨의 눈이 촉촉했다.

문제는 이후에 생겼다고 한다. 둘은 아무 일도 없었다는 듯 친구 사이로 돌아간 참이었다. 갑수씨는 평소 말만 섞다가 가끔 몸을 섞기도 한다는 저 오랑캐 국가의 '프렌즈 위드 베네핏Friends with Benefits' 개념을 떠올리며 내심 세계인의 일원이 된 듯한 기분에 휩싸였다.

며칠이 지나지 않아 그녀가 운전하는 차를 타고 가다가 신호 위반으로 경찰의 제지를 받는 일이 생겼다. 그녀가 면허증을 두고 나왔다고 말하자 경찰이 주민등록번호를 물었다. 그녀는 얼른 대답하지 못했다. 갑수씨는 그때까지도 뭔가 이상하다는 걸 눈치채지 못하고 있었다. 다만, 언뜻 보기에도 곧 바닥날 것이 빤한 저 민주경찰의 인내심을 측정하는 데 모든 신경을 집중하고 있을 뿐이었다.

이윽고 그녀가 일련의 숫자들을 읊기 시작했다. 그런데 처음 두 개의 숫자가 67이었다. 갑수씨는 잠시 자기 귀를 의심했다. 67이라면 설마 그게 67년생이라는 겁니까. 67년생이라는 겁니다. 그녀는 개포동 김갑수씨의 띠동갑 연상이었던 것이다. 당황스러웠다. 처음에는 그냥 웃어넘겼다. 하지만,

결국 둘의 관계는 갑수씨가 그녀의 전화를 피하면서 어그러졌다. 그녀는 자기 블로그에 '항문을 애무하는 자의 절박함'에 관한 시 비슷한 걸 쓴 뒤 갑수씨의 인생에서 영영 사라졌다.

아니 그런데 원래 우정으로 시작된 관계였고 여자라는 존재에 대해 사유 뭐시기를 하겠다고 큰소리쳤으면서 대체 나이가 40대 중반이라는 게 뭐 그리 대단한 문제인가요, 원래 연상이라는 걸 몰랐던 것도 아니고. 애초에 동안이니까 대략 두어 살 누나겠거니, 생각했던 거 아닌가요. 게다가 섹스도 좋았다면서. 내 말을 들은 갑수씨가 천천히 입을 떼었다. 바로 그거예요, 그럴 이유가 없는데 이렇게 된 것 말입니다. 나도 그 이유를 설

명할 수 있으면 좋겠어요. 명쾌하게요. 하지만 그럴 수가 없는 겁니다. 갈수록 제 삶에 명쾌하게 설명할 수 있는 것들이 사라져가는 기분입니다. 이젠 그 여자와 섹스를 할 수도 친구가 될 수도 없어요, 정말 난 어떻게 된 사람일까요.

나는 입을 다물었다. 아마도 이런 것일 테다. 그의 연애가 매번 실패하는 이유는 남자와 여자가 서로에 대해 잘 모르기 때문이 아니다. 갑수씨 스스로 자신이 얼마나 저열하고 지긋지긋한 사람인지, 요컨대 자기 정체에 대해 무지하거나 알고 싶어하지 않았기 때문이다. 그가 생각하는 자신과 실재하는 자신이 다르기 때문이다. 그 균열을 직시할 용기가 없는 것이다. 애초 그가 탐구했어야 하는 것, 있는 그대로를 받아들여야 할 것은 어느 허공 위를 떠도는 여자 남자 사이 감정의 실체 따위가 아니라 자기 자신이었다. 혼란스러워하는 갑수씨를 앞에 두고 그렇게 말하지는 않았다. 나라고 뭘 또 얼마나 알겠는가. 언젠가는 저마다 알게 될 일이다.

3

연애든 섹스든
결국 **신라면** 같은 겁니다

언젠가부터 신라면의 맛이 달라졌다는 걸 알고 있습니까? 개포동의 김갑수씨가 정색을 하고 물어왔다. 그는 분노하고 있었다. 그러니까 어렸을 때는 말이죠, 확실히 달랐습니다. 먹다가 코로 나와도 쭉 빼서 다시 입에 넣을 정도로 맛있었단 말입니다. 지금은 그 맛이 아니죠. 아닙니다. 이를테면 시장을 탓하며 발라드로 전향했다가 별 재미를 못 본 뒤 트위터에 섹스하고 싶다는 둥 이번 인생은 망했다는 둥 잉여로운 글무더기를 끄적거리고 있는 로커의 맛이에요. 이도 저도 아니고 그냥 국물만 빨갛죠.

나는 잠자코 듣고 있었다. 가장 최근의 섹스가 어젯밤 왼손이랑 한 것이었던 나로서는 그냥 빨리 갑수씨의 섹스 이야기가 나오길 고대하고 있을 뿐이었다. 표정을 읽은 건지 갑수씨가 말을 멈추더니 애꿎은 담배를 빨아대기 시작했다. 하얗고 때로는 파란 연기가 괴담처럼 나타났다 멜로처럼 사라졌다. 왼손과 크리넥스 사이의 시간이 흐른 뒤 갑수씨가 별안간 입을 열었다. 그러니까 제 말은 말이죠,

섹스라는 게 결국 신라면의 변한 맛과도 같다는 겁니다.

나는 잠시 헷갈렸다. 문득 오징어짬뽕 먹고 뱉은 침으로 자위를 하면 자지가 매콤하다던 어느 친구가 떠올랐다. 대꾸할 것 없이 다행히 갑수씨의 말이 바로 이어졌다. 대학교 다닐 때 이야기인데요.

갑수씨가 우리 패거리로부터 지금의 정자왕 타이틀을 얻은 건 앞서 언급했던 것처럼 몇 해 전 위통과 복통을 수반하는 이별을 감수한 이후 골드만삭스적인 섹스에 탐닉하면서부터였다. 물론 그전이라고 해서 갑수씨가 타의 모범이 되는 성생활을 해왔던 건 아니었다. 그러나 그런 그도 십수 년 전 학생 때는 확실히 순정파에 가까웠다.

그때의 갑수씨에게는 정말 사랑했던 후배가 있었다. 북가좌동의 이말년이었다. 갑수씨와 이말년은 서로 엄청나게 사랑했다. 그녀는 배우가 되고 싶어했다. 이말년이 진로문제로 부모님과 다투고 가출했을 때 그녀는 갑수씨의 2평 남짓한 고시원 방에서 같이 살았다. 둘은 시도 때도 없이 섹스를 했다. 동아리방에서도 하고 남의 동아리방에서도 하고 그 옆의 동아리방에서도 하고 옥상에서도 하고 강의실에서도 하고 선유도공원 화장실에서도 했다. 물론 고시원 방에서도 했다. 빨고 구르고 있을 때마다 옆방의 어느 슬픈 사연을 가진 일용직 아저씨는 강판으로 대충 만들어진 벽을 쾅쾅 두드려대며 틈날 때마다 같은 층의 동료들과 어울려 요즘 학생들의 성적 퇴폐와 공중도덕의 몰락에 관해 토로하곤 했지만 그러거나 말거나 갑수씨는 성기에 입이 달렸다면 했음직한 말들을 이말년의 귀에 대고 속삭이곤 했다. 우리는 원래 **한몸이었던 게 아닐까, 니 안에 있을 때만 정말 완성되는 것 같아.** 이말년은 매번 까르르 웃었다.

그러나 시간이 흘렀다. 어떻게 해도 시간은 흐른다. 갑수씨는 이말년에게 익숙해졌다. 이말년은 갑수씨에게 이력이 났다. 정말 영원할 것 같았던 둘의 인연은 갑수씨가 고시원을 벗어나 반지하 전세방을 얻어 들어가면서 산산조각났다. 적어도 북가좌동의 이말년은 끝까지 노력했다. 그녀는 갑수씨가 헤어지자고 선언한 그날마저 그와 섹스를 했다. 그러나 아무리 뒤엉켜 덩굴처럼 절박해져도 사정하고 나면 그만이었다. 이말년은 사육신처럼 울부짖었고 갑수씨는 수양대군의 박력으로 그녀를 발로 차 내쫓았다.

며칠 뒤 갑수씨가 다른 여자를 집에 들여놓는 걸 먼발치에서 목격한 북가좌동의 이말년은 몇 마디 슬픈 문자를 남기고 갑수씨의 인생에서 영영 퇴장했다. 짐승처럼 굴면서도 갑수씨는 아무런 죄책감이 느껴지지 않았다. 그는 내심 자신에게 놀라고 있었다. 더욱 놀랍게도, 그는 그런 자기 모습이 흡족했다.

그후로 갑수씨는 어딘가 이상해졌다. 섹스나 연애감정에 대해서만큼은 이상하리만치 될 대로 되라 그까이꺼 좆까라 마이신이 되어버린 것이다. 그는 연애에 관한 한 하늘처럼 쌓아올린 약속들도, 무엇보다 자기감정이 바라고 가리키는 것을 믿지 않게 되었다. 그리고 자신이 다시 한번 누군가와의 영원한 시간을 담보로 떡정을 쌓으면 그야말로 영원히 망해버릴 것이라는 다짐을 했다. 물론 우리가 알고 있듯 그 다짐은 가장 결정적인 순간에 지켜지지 않았고 실제로 그는 망했지만. 아무튼 갑수씨는 가끔 이말년을 떠올리며 다른 여자와 섹스를 했다.

그러니까. 갑수씨가 말했다. 그러니까 연애든 섹스든 결국 신라면 같은 겁니다. 신라면 맛이 변한 건지 내

입맛이 변한 건지 어찌됐든, 요는 사람에게 한결같은 감정 따윈 존재하지 않는다는 거죠. 그리고 저는 바로 그 지점에 있어서 남자든 여자든 어느 쪽도 한때의 약속을 빌미로 규탄받을 이유가 없다고 보는 겁니다. 갑수씨가 자리를 뜨며 마지막으로 물어왔다. 오늘은 왜 통 말이 없어요? 나는 어깨를 으쓱했다. 갑수씨는 살짝 미소를 지어 보이며 멀어져갔다. 나는 아무 말도 할 수 없었다. 사실 갑수씨는 아까부터 내내 당장이라도 울어버릴 것 같은 표정이었기 때문이다. 남자를 울리고 싶지는 않아. 갑수씨는 택시를 탔고 나는 오징어짬뽕을 사러 편의점으로 향했다.

4

"사랑이란 게 지겨울 때가 있지이?"

갑수씨는 달리고 있었다. 숨이 차올라 심장이 꺼질 것 같았다. 그러나 그런 문학적인 실감에 다다르기에는 말 그대로 몸뚱이가 지나치게 시달리는 중이었다. 배웠던 대로 슉슉 두 번 들이마시고 퓟퓟 두 번 내뱉으며, 갑수씨는 달리는 일을 멈추지 않았다. 어두운 밤거리의 가로등을 백 개쯤 지나쳤을 때 갑수씨는 마침내 멈추어섰다. 그리고 두 주먹을 불끈 쥐고 발을 동동 구르며 소리를 질렀다. 그러니까, 정말 입으로 소리를 질렀다. 다시는 네년을 떠올리며 아파하거나 울지 않겠다. 응? 응? 들었냐! 듣든가 말든가. 그길로 갑수씨는 집에 돌아갔다. 맥주를 마시고 아무렇지도 않다는 듯 잠이 들었다.

다음날 대충 바른 벽지의 찬 기운을 뺨 전체로 느끼며 눈을 뜬 갑수씨는, 숨을 들이마셨으면 언젠간 결국 내뱉어야 하듯 너무나 당연하게 그녀를 떠올리고 말았다. 갑수씨는 이 비열한 중력을 규탄하며 소리내 엉엉 울었다. 엉엉 울면서 어젯밤 방바닥에 쏟은 맥주를 걸레로 훔쳤다. 어찌됐든 살아야 할 거 아니야. 얼마 후 갑수씨는 그 집을 나가 다른 곳으로 이사하면서 취중에 다음과 같은 문장을 광활한 넷의 바다에 남겨두었다.

누워 있다가 벽에 뺨이 닿았다. 잠이 오지 않아 길고 긴 밤. 벽은 벽인데 오늘따라 벽 같지 않다. 만져 보았다. 쓰다듬었다. 수천 번의 낮과 밤이 습기마냥 서려 있다. 눅눅하진 않았다. 온기가 느껴졌다.

이 방을 공유했던 사람들을 떠올렸고 사건들을 환기했다. 처음 이 방에 발을 들여놓았던 날이 생각났다. 하루종일 업무를 보고 들어와 날이 밝도록 혼자 글을 끄적거리던 날이 생각났다. 천장에 물이 스며들어와 유리테이프를 붙여가며 밤새 골치를 썩었던 날이 생각났다. 하늘 아래 제일 밑바닥에 자리잡은 생각들만 집어들어 머리를 흔들고 때리던 날이 생각났다. 장마 내내 옷장 가득 곰팡이가 피어올라 신세를 저주했던 날이 생각났다.

욕심냈던 날들. 지루했던 날들. 가슴에 칼이 돋아났던 날들. 시작하고 싶지 않았던 날들. 끝내고 싶지 않았던 날들. 아 저 빨간 밥통은. 아 저 문지방 위의 철봉은. 아 저 벽걸이 에어컨은. 아 그리고, 사람이. 소소한 기억들은 살갑고 강인하다. 이 안에서 정말 많은 일이 있었구나, 새삼. 많이 웃었고 엉엉 울었고 발을 굴렀고 불안해 뒤틀렸고 행복해 뻐근했다. 더불어 어리석었다.

내일 아침 이 방을 떠난다. 다른 반지하방으로 간다. 내 삶의 가장 강렬한 순간들을 함께했던 공간과의 마지막 밤이다. 가슴이 저리고 시원하다. 나는 내일 갈 거야. 너보다 잘나지도 않았어. 그냥 반지하방이야. 그래도 나는 갈 거야. 덜 어리석겠다. 혹시 약이 오를까. 사람 같다.

반지하방도 그 아이도. 나는 되게 못생기게 눈썹이 아프도록 표정이 구겨져 운다. 김수박의 만화를 봐서 그럴까. 보고 싶다. 억억 그러면서. 그리고 보고 싶지 않다. 남은 국물 걸쭉한 새벽에 우리가 기억을 공유했던 공간들에 이름을 적고 왔다. 빠이롯드 유성 매직펜. 우리의 정류장. 우리의 벽. 그걸로 충분해. 나성시경 싫은데 〈안녕 나의 사랑〉만 계속 듣고 있네? 쓰러져 잠들었다가 해 뜨면 출근하는 거지. 안 그래? 나는 내일 이사한다. 내가 잘할게, 라는 말을 들으며. 나는 바다로 간다. 얼굴 붓겠다. 곡주라. 내일! 꿈! 중산역! 북가좌 전화국! 그렇게 하나씩. 나는 기억나지 않을 거야. 간사함. 얇음. 보일러 켜고 따뜻하게 잘 거야. 안녕, 안녕, 안녕.

갑수씨를 지금처럼 비관적인 개포동 정자왕으로 만들어버린 문제의 그 연애는 사실 꽤 달콤한 것이었다. 갑수씨가 그녀와 처음 키스한 곳은 그 나이대 그 시절의 연인들이 대개 그랬듯, 비디오방이었다. 영화야 돌아가든 말든 둘은 오래도록 키스했다. 갑수씨는 사랑한다고 말했다. 그녀는 왜 이제야 왔느냐고 대답하며 흑흑 흐느꼈다. 키스하고 키스하고 키스하고 가슴도 만지고 빨고 밑으로 손을 집어넣다가 오늘은 거기까지요. 갑수씨는 아직도 그날 밤 종로에서 그녀를 아쉽게 집에 떠나보내던 그 시간 우리들의 체온이 느껴진다고 말했다. 그러니까 그게 말이죠,

엄청 추웠거든요.

갑수씨와 그녀는 잘 사귀었다. 갑수씨는 이미 오래전, 어느 누군가와 평생을 담보로 사랑을 약속하면 반드시 망하고 말 것이라는 다짐을 한 상태였다. 그러나 그따위 말장난은 기억조차 나지 않았다. 그녀와 섹스를 할 때마다 갑수씨는 빨리 싸지 않기 위해 가능한 모든 노력을 다했다. 어쩌다 빨

리 사정해버리면 자지를 노려보며 요도를 저주했다. 친절봉사가 아니라 정말 그러고 싶었기 때문이다. 그 몇 해 동안 갑수씨가 속으로 부른 애국가를 다 합치면 아마도 이승만이 살아오고 김구가 한번 더 죽고 맥아더가 간달프가 되어 인천에서 백마를 타고 달려오고 남산 위의 저 소나무가 철갑을 둘렀다가 벗었다가 대한민국을 다시 한번 건국할 수 있을 텐데 그러거나 말거나 아무튼 그녀는 갑수씨가 여자라는 존재에게 가질 수 있는 모든 종류의 판타지를 충족시키는 놀라운 사람이었다. 갑수씨는 그녀를 너무나 사랑했다! 한번은 친한 누나에게 전화를 걸어 별로 궁금해하지도 않는 사람에게 구태여 이렇게 설명했다.

일본망가 얼굴에 몸은 미국입니다.

야 이 개새끼야.

그런데 정말이었다. 그녀는 모든 구석이 아름다운 사람이었고 갑수씨와 레고처럼 잘 들어맞는 사건이었다. 갑수씨는 그 사실을 잘 알고 있었다. 그러니까, 처음 2년 동안은 매우 잘 알고 있었다.

그러나 미치도록 예측 가능한 갑수씨는 행복에 점차 익숙해져갔다. 사랑이란 게, 지겨울 때가 있지이? 라고 이문세가 그랬다는데 갑수씨의 경우는 사랑이란 게 지겨울 때가 있는지 없는지 알 수 없을 만큼 행복에 겨워 행복이 행복으로 보이지 않았던 것이다. 마침내, 갑수씨는 자기가 너무 잘나서 사랑받는 것이고, 그녀는 결코 나를 떠날 수 없으리라는 착각에 빠지고 말았다. 지가 가기는 어딜 가.

갑수씨는 삼천궁녀와 오입질을 하는 의자왕이 되어 제멋대로 굴기 시작했다. 자기가 근무하는 무역업체 일이 바쁘다는 핑계로 갑수씨는 그녀를 잘 만나주지도 않았다. 실제 바쁘기는 했던 것 같다. 하지만 문제는 바쁜 게 아니었다. 수출역군 갑수씨는 그녀에게 함부로 굴었다. 내가 갑수씨를 처음 만났던 게 그즈음인데, 갑수씨와 그녀의 통화를 들어보면 흡사 낭만을 거세한 최민수가 사채업자와 대화를 나누는 것처럼 들리는 수준이었으니까. 아니 무슨 애인에게 기타노 다케시처럼 구느냐고 내가 타박을 하면, 갑수씨는 이렇게 말하곤 했다. 지웅씨는 연애에 대해 정말 아무것도 모르시는군요. 나는 어깨를 으쓱거렸고, 갑수씨는 술을 벌컥거리며 승자의 미소를 지었다.

심지어 갑수씨는 다른 여자를 만나고 있었다. 당시 갑수씨와 술을 마시는 데 한창 재미를 느끼고 있던 나는 분명히 그런 느낌을 받았다. 아니 확실했다. 옆에서 어림잡기에 그 여자도 나쁜 사람은 아니었다. 아니 좋은 사람이었을 것이다. 그러나 갑수씨는 지금 어딘가에서 그를 기다리고 있는 그녀가 자신에게 어떤 존재인지 까맣게 잊고 있었다.

삶은 '프린세스메이커'와 같아서 매 순간 선택에 지배된다. 풍유환豊乳丸을 먹였으면 과년한 딸년이 훗날 집을 나가도 할말이 없는 것이다. 선택을 했으면 어찌됐든 책임을 져야 하는 것이다. 그럼에도 갑수씨는 폭주하고 있었다. 내가 뭐라 하든 들어먹을 수 있는 상태가 아니었다. 의자왕과 삼천궁녀의 최후가 어찌했는지.

그리고 마침내 그날이 왔다.

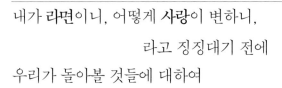

5

내가 **라면**이니, 어떻게 **사랑**이 변하니,
라고 징징대기 전에
우리가 돌아볼 것들에 대하여

흡사 힘든 하루를 마치고 집에 돌아와 반쯤 감긴 눈을 하고 바지를 벗다가 다리 한쪽이 채 빠져나오지 못한 상태에서 통일이 되었다, 는 말을 들은 것처럼. 갑수씨는 그녀에게 이별을 통보받았다. 처음에는 그냥 하는 소리겠거니 생각했던 모양이다. 그러나 갑수씨는 곧 상황의 무게를 체감할 수 있었다. 이틀이 채 가기도 전에 갑수씨는 만신창이가 되었다. 내 사전에 결혼은 없다, 는 말은 결혼 아니라 똥이라도 먹겠습니다, 가 되었고 니가 나 아니면 어떻게 살겠니, 라던 마음은 너 없으니까 오줌도 못 싸겠다, 가 되었다.

아침부터 잔뜩 취한 갑수씨는 출근도 하지 않고 그녀에게
전화를 걸었다. 용케 그녀가 전화를 받았다. 내가 뭐든 다
할게. 내가 다 잘못했어. 시키는 건 뭐든지 할 거야. 사
람이 살다보면 뭔가에 익숙해져서 그게 얼마나 소중한
것이었는지 잊어버리는 경우가 있잖아? 응? 응? 뭐 이
런 종류의 말들을 갑수씨가 한 무더기 토해냈다. 조용히 듣
고 있던 그녀가 물어왔다. 그럼 갑수씨,

나 이제 갑수씨랑 섹스 안 할 건데 그래도 좋아?

갑수씨는 뒤통수를 얻어맞은 것 같은 기분이 되어 입을 다
물고 말았다. 갑자기 눈물이 쏟아졌다. 아니 이게 대체 뭔 소
리야. 눈물과 콧물 사이의 시간이 흐르고 갑수씨가 뭐라 대
답할 말을 찾기도 전에 전화는 끊어졌다. 말없는 전화기를
붙들고 갑수씨는 한참 그렇게 울었다. 대체 뭔 소리인지 알
수가 없었다. 섹스 안 해도 좋지, 섹스 안 해도 좋다고. 그런
데 대체 왜 그런 질문을 하는 거야.

며칠 후 난민마냥 비쩍 말라버린 갑수씨는 그녀의 집을 찾아갔다. 벤치에 걸터앉았다. 그는 무작정 기다리기 시작했다. 세상에는 평소의 자연법칙이 적용되지 않는 장소라는 것이 존재한다. 버뮤다 삼각지대, 신촌 모텔촌, 그리고 맘이 떠난 애인의 집 앞. 맘이 떠난 애인의 집 앞에서 지구의 자전주기는 미칠 듯이 더디어진다.

벤치 위에서 한 시간이 지나고 두 시간이 지났다. 세 시간이 흘렀고 갑수씨는 다섯 살 정도 나이를 더 먹어 있었다. 그러나 그녀는 나타나지 않았다. 비가 내렸다. 벤치에 앉은 채 비를 맞으며 두 시간을 더 기다렸다. 자정이 가까워졌을 때 마침내 그녀가 모습을 드러냈다. 야근에 시달린 그녀는 확연히 지쳐 보였다. 택시에서 내린 그녀는 갑수씨와 마주치자 잠시 주저하는 눈치를 보였다. 그러다 결국 말을 걸어왔다.

나 엄청 안 예쁘지.

아니 엄청 예쁜데.

둘은 잔뜩 젖은 벤치에 앉았다. 그녀는 끝내 알지 못했지만, 그녀가 앉은 곳만은 말라 있었다. 그리고 별거 아닌 이야기들을 한참 주고받았다. 마지막으로 갑수씨가 말했다. 나지금 일하는 회사에서 진짜 열심히 일해서 무역왕이 될 거야, 나중에 너 분명히 후회할 거고, 그때가 되면 내 앞에 무릎 꿇고 싹싹 빌어야 해, 그러면 내가 딱 한 번만 튕기고 받아줄게. 기다린다. 나 기다릴 거야. 그녀가 웃었다. 응 그렇게. 그것이 갑수씨가 본 그녀의 마지막 모습이었다. 그녀는 돌아오지 않았다. 갑수씨는 무역왕 대신 정자왕이 되었다.

갑수씨와 놀다보면 같은 이야기를 두세 번씩 다시 듣게 되는 경우가 종종 있다. 그는 아이처럼 좋아하면서 손뼉을 치고 말을 늘어놓다가 어느 순간 벌써 했던 이야기라는 걸 눈치채고는 재빨리 다른 이야기를 꺼내놓곤 한다. 그런데 유독 저 이야기는 예외였다. 꽤 인상 깊은 이야기임에도 불구하고 내가 갑수씨에게 저 내용을 들은 건 단 한 번뿐이었다.

그때도 그렇고 지금도 그렇지만, 나는 갑수씨가 그녀와 헤어진 게 당연한 결과라고 생각했다. 갑수씨의 거의 유일한 장점이 매우 솔직하다는 것임을 감안해볼 때, 내가 옆에서 본 갑수씨의 행동이나 그가 들려준 이야기로 미루어 그녀가 갑수씨 곁에 머물러야 할 이유는 전무했다. 나는 그가 얼마나 슬펐는지 알고 있다. 안쓰러울 정도로 참혹한 것이었다. 그러나 거기 억울한 감정이 끼어들 여지는 없었다. 그건 명백한 사실이다. 갑수씨의 불행은 자초한 것이었다. 그런데도 갑수씨는 이상하게 억울해하는 눈치였다. 왜 변하느냐고. 사랑이 왜 변하느냐고. 그날 밤 내 앞에서 그는 그렇게 하소연했다.

해줄 말이 없었던 건 아니다. 사랑은 변한다. 하지만 관계가 변하는 건 늘 너 때문이다. 내가 라면이니, 어떻게 사랑이 변하니, 라고 징징대기 전에 스스로 라면처럼 굴었던 건 아니었는지 돌아볼 필요가 있다. 하지만 내가 이런 말을 하면 갑수씨는 금세 또 자기 비하에 빠져들겠지. 자조는 피폐한 자들의 가장 아늑하고 편리한 안식처다. 나는 그를 편안하게 해주고 싶지 않았다.

인터미션 #1

군대에 있는 동안 온갖 지저분한 병을 다 보았다. 어떤 건 보았고 어떤 건 겪었다. 훈련소 조교로 있다보니 아무래도 볼 것도 많고 겪을 것도 많았다. 입대 전 심야를 뜨겁게 부비고 온 친구들은 종종 성병에 걸려 왔다. 취침 소등 이후 조용히 다가와 가려워 환장하겠다는 훈련병 앞에 나는 초라하고 무력했다. 그럴 땐 조용히 세면장으로 데려가 음모를 면도해주고 파우더를 바른 다음 날이 밝는 대로 의무실에 보내야 했다.

직접 면도를 하는 건 딱히 남자 고추를 좋아해서라기보다, 훈련병에게 면도날 개별 지급이 허락되지 않았기 때문이다. 알아서 깎으라고 했다가 괜히 고추라도 베이면 입장이 곤란하다. 자살이라도 시도하면 더

50

욱 그렇다. 설마 그럴까 싶지만 교장敎場에 나가면 종종 똥도 주워먹는다. 운이 좋으면 정신병 판정을 받는다. 운이 나쁘면 똥만 먹고 만다. 아무튼 세면장 바닥에 쭈그리고 앉아 훈련병 음모를 면도하고 있는 나의 뒷모습을, 그 오해받을 만치 처연한 풍광을, 아주 가끔씩 떠올려본다. 삶이란 그렇게 고단한 것이라고. 사면발니 다리 개수마냥 헤아릴수록 헤아리기 싫어지는 것이라고. 그러거나 말거나.

상병 휴가를 앞두고 나는 인생 최대의 위기를 맞았다. 며칠 전부터 항문이 근질근질하더니 급기야 이것은 설마 치질이 아닌가 싶은 증상을 느끼기 시작한 것이다. 의무실을 찾았다. 나이가 많은 의무병은 언제나 표정이 없었다. 나는 바지를 까고 허리를 굽혔다. **안 보입니다, 벌리세요. 응.** 나는 두 손으로 양쪽의 엉덩이를 당겨 힘껏 벌려 보였다. 항문의 입장으로선 단 한 번도 느껴보지 못했을 찬 공기가 닿았다. 뭔가 최선을 다하고 있다는 생각이 들자 오히려 무덤덤해졌다. 항

문은 지금쯤 자유로울까. 괄약근과 오금 사이의 시간
이 흘렀다.

왠지 좀더 힘껏 벌려야 하지 않았나 미안해질 즈음,
마침내 의무병의 입이 열렸다. **치질입니다.** 역시 그렇
구나. 나이가 많은 의무병은 여전히 표정이 없었다. 그
게 그렇게 고마울 줄 몰랐다. 나는 프레파라숀인지 프
리파라솔인지, 도무지 신뢰할 수 없는 이름의 연고지
만 어쨌든 후시딘을 주지 않은 것에 무척이나 고마워
하며, 의무실을 나섰다.

질병이 있으면 휴가를 나갈 수 없다. 훈련소는 그런
규정에 유난스레 까다로웠다. 나는 시간이 날 때마다
연고를 짜내어 램프의 바바를 부르는 알라딘의 심정
으로 환부 구석구석 정성껏 비비고 발랐다. 프레파라
숀인지 프리파라솔인지 저 신뢰할 수 없는 연고의 느
낌이란 무척이나 불쾌한 것이었다. 일단 냄새가 이상
했고 유난스레 기름기가 많았다. 어쩌나 야릇하게 미
끄러운지, 화장실에 들어가 엉덩이를 벌려 연고를 살

금살금 바르고 있으면, 이건 뭔가 알 수 없는 죄책감이 자꾸 고개를 들 정도였다.

휴가 전날 밤, 나는 이빨을 하나씩 빼 광을 내듯 오랜 시간을 들여 샤워를 하고 성직자의 마음으로 연고를 발랐다. 그리고 휴가를 대비해 아끼고 아껴 박아두었던 하얀색 브레이브맨 팬티를 꺼내 입었다. 하느님, 부디 제 항문에 역사해주세요. 예수천국, 불신지옥.

마침내 휴가 첫날의 아침이 밝았다. 기상나팔이 불기도 전에 깨었다. 왠지 가뿐한 아랫도리의 느낌. 괜찮다. 두근거리는 마음으로 살짝 팬티를 내려보았다. 침묵이 흘렀다. 다시 올렸다. 다시 내렸다. 내 눈을 믿을 수 없어 그렇게 한참. 나의 딱 한 번 입은 하얀색 브레이브맨 팬티가, 검붉은 피로, 지도를 그리듯 얼룩져 있었다. 어머 이런 씨발. 모두가 자빠져 가벼운 신음 소리를 내며 잠을 자고 있는 침상 위에 홀로, 나는 팬티를 무릎까지 내린 채 이 세상에 신이란 과연 존재하는 것인가 따위 인문학적 종교학적 고민에 휩싸여 대롱대

롱 그렇게 한참을 서 있었다.

그러나 아뿔싸, 지체할 수 없다. 오늘은 휴가란 말이
다. 휴가. 내일 당장 휴거가 온다고 해도 오늘은 휴가
를 가야겠다. 나는 최대한 태연하고 재빠른 손놀림으
로, 휴지를 둘둘 말아 항문 사이에 살짝 포개어 넣고
팬티를 올렸다. 점호를 마치고 휴가용 옷을 꺼내 입고
휴가 신고를 하러 갔다. 으레 이어지는 대대장의 질문.
음주운전할 건가. 아닙니다. 군 기강을 흐트러뜨리
는 행동을 할 건가. 아닙니다. 혹시 어디 아픈 데는
없나. 아니 아니 절대 없지요.

그렇게 성공적으로 부대를 나섰다. 바깥공기는 따뜻
하고 달콤했다. 논산의 정돈 안 된 아스팔트도 아우토
반 같아 보이고 아침 경계근무를 서고 있는 초병들의
찌들고 찌든 눈자위마저 사랑스러웠다. 당시 사귀던
여자친구가 역까지 마중나와 있었다. 안녕. 안녕. 이
어지는 뜨거운 포옹. 아 행복하다. 버스 안에서, 나는

조심스레 고백했다. 있잖아. 응. 나, 치질 걸렸어. 나는 치질, 이라는 단어를 발음하는 데 있어서 유난스레 심각한 표정을 지으며 이것이 절대 더러운 질병이 아니고 결코 농담이나 주고받을 기분도 아닐뿐더러 가벼운 웃음으로 하하호호 무마할 수 있는 상황이 아니라는 속사정을 있는 힘껏 함축해보았다. 다행히 그녀는 속이 깊었다. 많이 아파? 응 많이 아파. 나는 항문으로 피를 흘리며 너그러운 여자의 무릎에 누워 잠이 들었다.

서울 고속버스터미널에 도착했다. 엉덩이 사이의 휴지는 좌파가 되다 못해 전향서 한두 장으로 용서받을 수 없는 지경에 이르고 있었다. 나는 결국 그것을 빌릴 수밖에 없었다. 아무개야. 응? 나, 생리대 좀 빌려주라. 속깊은 그녀의 날개가 아름다운 생리대 한 개를 받아들고, 나는 가까운 화장실로 달려갔다. 처음 보는 생리대였다. 다행히 직관적으로 디자인된 듯싶었다. 나는 간단히 붙이고 화장실을 나섰다. 그리고 생리대라

인터미션#1
55

는 문명의 이기를 발명한 누군가의 자자손손 은총이 함께하길 두 손 모아 빌었다.

그러나 은총은 이십 미터 이상 함께하지 못했다. 어째 좀 이상하다. 이를테면 경기침체에 맞선 고환율 정책의 기분이랄까, 도무지 알 수 없는 설상가상의 기운이 항문을 맴돌았다. 급기야 엉덩이의 고운 선을 따라 뭔가 줄줄 새는 것을 느끼고, 나는 다시 화장실로 달려갈 수밖에 없었다. 아니나 다를까, 피가 새고 있었다. 생리대를 청문회에 세우고 싶은 심정이었다. 이 문명의 이기는 제 기능을 발휘하는 데 실패했습니다. 왜 흡수하지 못했습니까. 오해입니다. 이런 쌍. 이래서야 여성들은 어떻게 양이 많은 그날에도 깨끗하게 맑게 자신 있게 당당할 수 있단 말인가. 견딜 수 없는 화를 깎아내리며 무능한 생리대와 침묵의 시간을 주고받았다.

그러다가 깨달았다.

아. 이게 살에 붙이는 게 아니구나.

나는 지금도 참 괴상하다는 생각이다. 생전 처음 생리대를 써보는 사람의 입장이라면, 그것도 아무 설명 없이 쓰는 자의 첫 시도라면 당연히 살에 붙이는 게 인지상정 아니겠느냐는 말이다. 혹시라도 새어나오지 않을까 염려스러워 죽겠는 초심자에게 팬티에 그걸 붙일 정신머리가 남아 있을까. 그 한줌의 불안한 마음조차 헤아리고 어루만지지 못한다면 이까짓 게 어찌 여성해방에 기여할 수 있을까. 나는 꿈에도 의심치 못한 채 재빠르고 신속하며 당연한 손동작으로 살에 붙였는데. 그것도 꼼꼼히 눌러가며 붙였는데. 파스도 밴드도 붕대도 죄다 살에 붙이는데 도대체 왜 생리대는 팬티 따위에 붙여야 하느냔 말이야.

아무튼 흡수되는 면이라 뒤늦게 사료된 쪽이 위로 가고 나니, 그것 참 마술처럼 쪽쪽 잘 빨아들이는 효과를 볼 수 있었다. 이 정도면 과연 양이 많은 날에도 깨끗하게 맑게 자신 있게 당당할 수 있겠지만 그러거나 말거나 이미 나의 자존감은 세상을 향해 힘껏 항문을 벌리는 것이나 다름없이 손상돼 있었다.

치질은 놀랍게도 금방 나았다. 바깥세상 약이 과연 다르구나, 생각했다. 설간인가 설잔인가 하는, 여전히 마찬가지로 신뢰할 수 없는 이름의 연고였지만, 미끄럽지도 않고 바르면 알프스의 엉덩이마냥 시원한 게 참 믿음직스러웠다. 생리대보다 더 하얀 마음을 가지고 있었던 여자친구와는 제대 후에 헤어졌다. 여자친구가 유학을 간 사이 내가 바람을 피웠다. 그녀는 항문으로 피나 흘리던 자식이 바람을 피우고 지랄이라는 독한 한마디도 없이 떠났다. 그런 사람이라면 어지간히 좋은 남자를 만나 행복하게 살고 있을 거라 생각한다. 아무튼, 이게 나와 생리대와 치질과 옛 연인 사이에 벌어진 오해와 완치와 추억의 전모다.

6

저 가슴을 지탱하기 위해

중력과 싸워야 할 등과 어깨가 너무 안쓰러워

그녀의 척추가 되고 싶었습니다

갑수씨는 80년대 한국 성애영화의 광팬이다. 나야 영화에
대한 글을 쓰는 일이 업이다보니 볼 만큼 봤다고 생각했는데
이 분야에 있어선 갑수씨에게 자주 놀라게 된다. 이 영화들
에 대한 그의 애정은 일반적인 교양인의 수준을 훌쩍 뛰어넘
는 것인데, 이를테면 영화 제목만 이야기해도 대여점 비디오
테이프 케이스의 광고 문구가 툭 튀어나오는 정도다.

〈꽃띠 여자〉는? 순간적인 경험은 당신의 것이고 영원한

경험은 나의 것. 〈꽃순이를 아시나요〉는? 낮은 남자가 만들고 밤은 여자가 가꾼다. 〈겨울여자2〉는? 이화, 성숙한 사랑의 화신이 되어 지금 돌아온다. 그렇다면 〈떡〉은?

　점례가 빚은 떡은 꿀맛이었다!

　갑수씨는 김수형 감독의 〈떡〉을 좋아했다. 떡 소리 나는 제목도 좋고 떡치는 장면도 좋고 떡 빚는 내용도 좋고 특히 김추련이 좋다고 했다. 소작일을 하는 점례는 어마어마한 미녀로(그러나 갑수씨와는 달리 내 미학적 관점에서 선우일란은 그리 예쁜 얼굴이 아니다) 동네 남자들이 수시로 던져대는 추파를 무시하며 살아간다. 그의 대책 없는 도박꾼 남편은 아름다운 아내를 매일 괴롭히고, 급기야 김추련이 연기하는 마초 머슴에게 팔아넘기려 한다. 몇 차례의 떡치는 장면이 지나간 뒤 끝내 병에 걸린 남편은 후회 속에 세상을 떠나고 점례의 어린 자식도 떡을 먹다 체해서 죽어버린다. 점례는 미쳐버린다. 영화 끝. 갑수씨가 이 영화 이야기를 할 때마다 난 머릿속으로 도박꾼 남편의 얼굴에 갑수씨를 오려 붙이곤 했다.

　갑수씨가 〈떡〉을 처음 본 건 오래전 에로영화 상영회에서
였다. 습하고 어두컴컴하고 환기도 잘 되지 않는데 그 와중
에 담배 연기가 모락모락 피어오르는 좁은 방안 가득 섹스에
굶주린 남자들이 밤꽃 냄새가 문득문득 풍기는 바지를 걸치
고 앉아 종종 아랫도리를 주물럭거리며 겸손한 크기의 스크
린을 멍하게 바라보고 있었다니 상상만 해도 어딘가 포자가
터져 날아다니다 귀뚜라미를 범하는 기분이다.

　아무튼 그날 영화가 끝나고 동호회원들끼리 술을 마시고
있는데 놀라운 일이 벌어졌다. 뚱뚱하고 섹스에 굶주린 남자
와 비쩍 마르고 섹스에 굶주린 남자 두 부류만 존재할 것 같
은 그들의 우주에 여자 사람 회원이 뒤늦게 나타난 것이다.
이제 와선 갑수씨가 그 이름조차 기억하지 못하는, 수수하게
생긴 그녀는 그날 밤 최고로 인기가 많았다. 대체 어느 여자
가 그 자리에서 인기가 없을 수 있겠느냐만 그녀는 호탕하게
웃으며 야한 농담도 잘하고 무엇보다 가슴이 컸다. 컸다고

한다.

　저 가슴을 지탱하기 위해 중력과 싸워야 할 등과 어깨가 너무 안쓰러워 그녀의 척추가 되고 싶었습니다.

　술자리가 끝나고 모두가 사정한 듯 축 늘어져 취한 그 시간 갑수씨는 자기가 잘하는 걸 했다. 그녀에게 다가가 말했다. 잡시다. 이 믿을 수 없을 만큼 단순하고 규칙적인 운율의 세 글자는 언제나 갑수씨에게 놀라운 타율의 성공을 가져다주는 것이었다. 추파는 언제나 짧고 단호할수록 효과적이다. 그녀는 웃었다. 그리고 싫다고 말했다. 갑수씨는 알았다고 말하고 자존심이 상할래야 상할 틈이 없는 빠르기의 걸음으로 집을 향했다. 한참을 걷고 있는데 전화가 걸려왔다. 몇 시간 전에 번호를 교환한 그녀의 전화였다.

　우리 한잔 더 해요.

　그럼 자요?

일단 봐요.

갑수씨의 가슴이 흥분으로 차올랐다. 그는 조금이라도 빨리 중력에 맞서 분투하는 그녀의 어깨를 감싸쥐고 싶었다.

택시를 타고 나타난 여자는 유턴을 해서 돌아왔다는 말을 건네며 수줍게 웃었다. 그리고 갑수씨를 태워 자기 자취방으로 데려갔다. 집 앞의 편의점에서 캔맥주 몇 개를 샀다. 엘리베이터도 없는 건물의 4층까지 걸어올라가며 갑수씨는 다음에 이어질 연속 동작을 그려보았다. 씻고 할까 바로 할까. 씻고 하면 좋겠지만 씻는 동안 여자 마음이 바뀌면 어쩌나. 현관문을 열고 들어가 신발을 벗자마자 갑수씨는 그녀에게 키스를 퍼부었다. 소파 위에 쓰러진 둘은 한참 동안 빨아대다가 서로의 옷을 벗기기 시작했다. 그녀의 검은색 티셔츠가 둘둘 말려올라가며 벗겨졌다. 가슴이 모습을 드러냈다. 갑수씨는 눈을 의심했다. 아무 말도 할 수 없었다. 입이 우물우물 움직였다. 그러나 제대로 된 사고가 이루어지지 않았다. 이

으고 완벽한 형태의 문장 하나가 안간힘을 다해 잉태되었다.

한 사람의 작은 발걸음이지만, 인류에게는 커다란 도약이다.

갑수씨는 오늘밤이야말로 두고두고 떠올릴 인생 최고의 판타지가 될 것을 믿어 의심치 않았다.

7

그날 밤

한미 FTA 비준안이 통과되는
빠르기로 벌어진 일

빛이 있으라! 갑수씨의 눈앞에 출렁이며 펼쳐진 거대한 광
경은 〈2001 스페이스 오디세이〉의 O.S.T '차라투스트라는
이렇게 말했다'를 소환할 만큼 우주적인 것이었다. 머릿속
가득 연주가 시작됐다. 그의 두 손은 차마 어디에 머물러야
할지를 모르고 소파 위에 널브러져 있다가 '빠밤!' 하는 대
목에 이르러 드디어 눈앞의 우주를 더듬기 시작했다. 오 하
느님. 오 찰떡 아이스! 이것이야말로 자연이 허락한 가슴의
최종 형태가 틀림없다, 이것은 가슴의 알파요 오메가다, 이

것은 가슴계의 훈민정음이다, 이것은 인류의 보고다, 그렇게 갑수씨는 속으로 선언했다.

너무 말랑거리지도, 밑으로 늘어져 처지지도, 그렇다고 별 컵포처럼 솟아 있지도 않은 그녀의 가슴은 방금 똑, 하고 떨어진 물방울에 가까운 곡선과 비율을 그리며 갑수씨의 얼굴 위로 쏟아질 듯 쏟아지지 않고 있었다. 황홀경에 빠진 갑수씨가 눈을 질끈 감고 몸을 일으켜 그녀의 가느다란 등을 부둥켜안았다. 가슴의 찰기가 갑수씨의 비쩍 마른 몸뚱이에 딱 붙어오는 것이 느껴졌다.

갑수씨는 잠시 감았던 눈을 천천히 떴다. 그때, 갑수씨의 시야에 뭔가 시커멓고 커다란 물체가 들어왔다. 그것은 저 너머 거실 창문을 등진 선반 위에 신자유주의처럼 세워져 있었다. 거의 갑수씨 허벅지만했다. 수면 위를 박차고 떠오른 돌고래마냥 부드러운 유선을 그리고 있었고, 정확히 계산해낼 수 없어도 어찌됐든 모든 용도에 있어 완벽에 가까운 만족감을 선사할 수 있으리라 짐작하게 만드는 굵기였다. 뭐지. 저게 뭐지. 아니 저건 그러니까 이를테면 아니 확실히 거대한 딜도가 아닌가.

딜도다. 딜도! 엄청난 딜도다! 저게 왜 선반 위에 서 있지? 화분을 잘못 본 걸까. 그러나 다시 눈을 치켜떠보아도 여전히 그것은 딜도였다. 완벽한 굵기의 완벽하게 시커먼 딜도였다. 갑수씨의 머릿속은 의문부호로 가득찼다. 그러나 곧 애써 모두 지워냈다. 이래선 안 된다. 딜도가 뭐 어쨌다는 것인가. 딜도는 나를 위협하지 않는다. 딜도에 이빨이 달려 달려오는 일은 영화 속에서나 있다. 오늘 이 밤은 남은 생애 내내 자랑할 만한 판타지로 남아야 하는 것이다. 집중이 필요했다. 집중. 집중! 가슴. 가슴! 멀가중 멀가중 멀중가중!

갑수씨는 그녀를 눕히고 위로 올라갔다. 시야에서 저것을 없애야 했다. 그리고 그녀의 몸을 애무하기 시작했다. 갑수씨의 혀가 가슴산을 타다가 평야를 가로질러 백의의 간달프처럼 위풍당당하게 검은 절벽으로 미끄러져 내려가고 있었으나, 아뿔싸, 결국 낼름 머릿속에 낼름 딜도의 위엄이 낼름 다시금 차오르고 말았다. 평소 저걸 넣었단 말인가. 그렇다면 내 것으로 만족이 될 리가 없지 않나. 저것에 비하면 내 것은 전혀 드라마틱하지 않을 것이다. 저 딜도가 숲이라면 내 것은 분재가 아니던가. 갑수씨는 당장 울고 싶어졌다. 급기야 아랫도리에 힘이 빠져나가고 있었다. 안 돼! 겨우 이런 걸로 흔들려서는 안 돼. 이 가슴! 이 탄력! 내 마음속에 영원히! 갑수씨는 겨우 다소간의 평정을 되찾았다. 그리고 영혼을 담은 장인의 혀놀림을 시전하기 시작했다. 갑수씨의 애무에는 확실히 어딘가 주조사酒造士의 손등 같은 신묘함이 있었다. 그녀의 몸이 붕 떴다가 가라앉기를 반복했다.

　낼름낼름 삼십 분이 지나가자 갑수씨도 지치고 말았다. 이미 그녀는 몇 번이나 갑수씨의 머리를 잡아 끌어올리려 시도했다. 그러나 갑수씨는 꿈쩍도 하지 않았다. 그도 이제 때가 왔다는 걸 알고 있었다. 열패감에 휩싸인 갑수씨가 얼굴을 천천히 들어올렸다. 그리고 그녀의 얼굴 가까이 몸을 끌어올렸다. 둘은 다시 키스를 했다. 그러는 동안 그녀의 손이 갑수씨의 것을 붙들어 방금 갑수씨가 얼굴을 파묻고 있던 곳에 가져다 대었다. 에라 모르겠다. 갑수씨는 안간힘을 내었다. 둘은 드디어 합체했다. 감격적인 순간이었지만 갑수씨의 마음은 비루하기 이를 데 없었다. 갑수씨는 힘이 거의 들어가지 않은 아랫도리를 태평양 챔피언 거리행진 구경 나온 시민의 만국기마냥 열심히 흔들어댔다. 그리고 한미 FTA 비준안이 통과되는 빠르기로 사정하고야 말았다.

8
우주의 규모를 떠올려보면
이까짓 일 아무것도 아니야

사정은 빠르고 안쓰러웠다. 다소 긴 시간 동안 갑수씨는 그녀의 가슴에 얼굴을 파묻고 있었다. 갑수씨는 언어를 잃었다. 세상에서 가장 근사한 언덕 사이에 자빠져 있음에도 그는 멍하니 눈을 감고 있을 뿐이었다. 졸음이 밀려왔다. 순간 매우 습관적으로 좋았어? 물어보려다가 좋, 까지 발음해놓고 흐아암, 이라는 말로 바꾸어 뭉개더니 가슴에 얼굴을 대충 부비적거리고 말았다. 때마침 휴대폰이 울려주었다. 문자가 왔다. 그는 급한 소식을 기다리고 있었다는 듯 재빨리 일어나 테이블 위의 휴대폰을 집어들었다. 확인 버튼을 눌렀다.

후불결제 효과만족 씨알리스 1알에서 40알까지 개별 포장 가능.

갑수씨는 선 채로 한참 동안 문자를 들여다보았다. 그러더니 짐짓 긴 신음을 토해냈다. 아…… 이거 참. 갑수씨는 지금 당장 처리하지 않으면 국가경제가 몰락할지 모른다는 메시지라도 받은 것처럼 흠, 이런, 야단났네, 허허, 아무튼, 저런, 등의 감탄사들을 조용히 토해놓다가 꽤 우아한 동작으로 휴대폰을 테이블 위에 내려놓았다. 가봐야 할 것 같은데요. 아 그래요? 갑수씨는 소파 아래에 대충 흩어져 있는 옷들을 주섬주섬 챙기기 시작했다. 티셔츠를 입으면서 흘낏 그녀를 쳐다보았다. 아. 정말 아름다운 몸이 아닌가. 그러거나 말거나.

갑수씨는 바지를 추켜올리다 말고 굉장한 우연으로 발견

한 것처럼 큰소리로 물었다. 와 이건 뭔가요? 딜도 아닌 가요? 정말 이렇게 크고 멋진 건 처음 보네요. 갑수씨는 이런 것쯤 나는 너무나 익숙하고 심지어 나도 써봤다, 는 성 해방의 낯빛으로 그녀를 쳐다보았다. 그녀가 수줍게 웃었다. 그거 그냥 장난치기 좋아하는 친구가 섬나라에 신혼여 행 다녀오면서 사다준 나무 조각상이에요, 그런 딜도가 어디 있어요.

건물 밖으로 나온 갑수씨는 담배를 꺼내 물었다. 그리고 평생에 걸쳐 단 한 번 만질 수 있을까 말까 한 가슴을 앞에 두고 가상의 성기와 경쟁하는 데 주력한 과거 수십 분 동안 의 식은땀을 추억했다. 한 시간 전만 해도 그는 오늘밤이 일 생을 두고 반복해서 언급하게 될 판타지가 되리라 믿어 의심 치 않았었다. 지금 갑수씨는 그저 딜도와 혈액순환 생각뿐이 었다. 은행잎에서 추출한 혈액순환 개선제를 복용하면 더 잘 설까. 돌고래처럼 위로 솟아 굽은 게, 정말 대단하긴 했어.
갑수씨는 집으로 돌아갔다. 그리고 우주에 관련된 영화를 연달아 두 편 본 뒤에 잠을 청했다. 지구, 달, 목성, 토성, 태양, 태양계, 태양계 같은 게 몇 개가 있다더라…… 우주는 팽창하고 있다. 우리는 모래알갱이보다도 미약한 존재. 우주의 규모를 떠올리고 있으면 가짜 딜도에 발기가 안 된 문제 따위, 아무것도 아니네. 아무것도 아니야. 아무것도, 일 리가 없잖아. 에라 모르겠다 될 대로 되라지.

  이후로 그녀와 두어 번 문자를 주고받았다. 그러나 갑수씨는 그때마다 굉장히 바쁘다는 듯한 인상을 남기며 대화에 의지를 보이지 않았다. 연락은 끊겼다. 이후 문제의 에로영화 상영회 게시판이나 정모에서도 그녀를 목격했다는 제보는 영영 들려오지 않았다. 설상가상으로 그런 귀중한 인적자산을 빼돌렸다는 오해를 받아, 갑수씨는 뚱뚱하고 섹스에 굶주린 남자와 비쩍 마르고 섹스에 굶주린 남자들의 무리로부터 규탄을 당해가며 회원자격을 상실하고 말았다.

  혹시 그날 밤의 일은 모두 꿈이 아니었을까요. 그러니까 제 말은 물리적인 의미 그대로라기보다 뭐랄까 일단 우주를 떠올려보면 말이죠.

갑수씨는 다소 호들갑을 떨어가며 그 모든 일을 회상하곤 했다. 나는 갑수씨로부터 그 백 퍼센트의 가슴을 가진 여자 이야기를 들을 때마다 굉장히 기뻐하면서도 매번 누군가를 떠올렸다. 그리고 그녀와 갑수씨는 결코 잘되지 않았을 거라 대답해주었다. 백 퍼센트의 무언가를 가지고 있는 사람과는, 잘되지 않는 법이다.

9

"갑수씨는 **어디서** 한 게
제일 **좋았어요?**"

갑수씨는 성애영화를 보다가 자연을 벗삼아 떡을 치는 장
면이 나오면 유난히 몸서리를 치고는 했다. 대체 저렇게 불
결한 곳에서 어떻게 섹스를 할 수가 있지? 응? 풀도
묻고 흙도 묻고 벌레도 뛰어다니고 엉덩이는 시리고 무
릎은 까지고 성기에 모래도 들어가고 저 풀밭에 누가
똥이라도 쌌었는지 누가 알어, 응? 저게 낭만이야? 낭
만이냐고! 반면 공포영화에서 그런 장면이 나오면 손뼉을
치며 좋아하는 이중성을 보이기도 했다. 저것 봐, 공동묘

지 같은 데서 흙바닥에 대충 널브러져 섹스를 하니 아무리 가슴 큰 여자랑 같이 있어도 좀비가 성기를 물어가지, 와 저것 봐라 저것 봐 으헤헤 으헤헤헤!

무서웠다.

기본적으로 흙바닥 위에서의 성교에 질색을 하는 갑수씨가 가장 좋아하는 섹스 스팟은, 의외로 공공시설물이었다. 언젠가 물었다. 그러면 갑수씨는 어디서 한 게 제일 좋았는데요? 갑수씨가 디자인서울의 낯빛을 하고 나를 거칠게 돌아보았다. 제일 좋았던 곳이라, 제일 좋았던 곳이라면 역시,

뚝섬 화장실이죠.

갑수씨에게는 확실히 의외의 장소에서 섹스를 하는 기벽이 있었다. 학생 때부터 그랬다. 빈 강의실에서도 하고 채플 강당에서도 했다. 축제 기간에는 차력 동아리방에 가서도

했다.

　화장실에서는 자주 했다. 명승고적지의 화장실을 갑수씨
는 그냥 지나치는 일이 없었다. 주로 여자화장실을 애용했
는데 양변기 덮개를 내리고 갑수씨가 그 위에 앉으면 상대가
올라타는 식이었다. 일병 휴가 복귀 때는 달리는 고속버스의
제일 끝에서 두번째 자리에 앉아 오럴섹스를 한 적도 있다.

　창밖으로 스쳐지나가던 고속도로 주변의 아름다운
시골풍경을 잊을 수가 없어요.

　그때를 떠올릴 때마다 갑수씨는 지금 당장 녹색당에 입당
할 것 같은 미소를 짓고는 했다. 아니 그런데 왜 흙바닥에
서 하는 건 그렇게 질색하는 겁니까, 라고 물어보면 갑
수씨는 정말 세상에 이렇게 이상하고 불결한 사람이 다 있느
냐는 듯한 표정으로 흡사 '흙바닥'이라는 단어를 귀에서 털
어내려는 양 고개를 세차게 흔들며 화를 내곤 하는 것이었
다. 아무래도 알 수 없는 사람이다.

갑수씨가 처음 밖에서 섹스를 한 건 여자친구의 동아리방에서였다. 호프집에서 한창 술을 마시던 그들은 돈이 없으니 학교에 가서 더 마시자고 작당을 했다. 갑수씨를 동아리방으로 이끈 건 그녀 쪽이었다. 기독교 선교 동아리였다. 그녀가 비밀번호를 누르고 동아리방 문을 열었다. 맞은편 창문으로 새어들어오는 가로등 불빛이 방을 음산하게 채우고 있었다. 그녀가 불을 켰다. 방 한가운데 기다란 탁자가 눈에 들어왔다. 탁자 위에는 십자가상을 중심으로 서류 같은 것들이 어지럽게 흩어져 있었다. 갑수씨는 구석의 앰프 위에 걸터앉아 어딘가 기독교 정신에 근거해 조율된 듯한 기타를 안고 대충 튕겨보았다.

이 시간에는 여기 아무도 안 와. 그녀가 말했다. 둘은 부둥켜안고 사도신경을 열 번 읊어도 될 시간 동안 키스를 했다. 어느 순간 정신을 차려보니 갑수씨가 여자친구의 바지를 벗기고 있었다. 추운데. 그녀가 불평했다. 금방 덥게 해줄게. 747공약의 박력으로 갑수씨가 대답했다. 불을 껐다.

그녀가 창문 아래 차게 식은 라디에이터에 손을 올리고 엉거주춤 섰다. 갑수씨가 뒤에 섰다. 그리고 그들은 지금 그들이 제일 잘할 수 있는 것을 시작했다. 예의 가로등 불빛이 그녀의 등줄기를 타고 내려오며 빨갛게 출렁거리다 엉덩이 부근에서 흩어지고 부서지길 반복했다. 갑수씨는 문득 태어나서 지금처럼 흥분한 적이 없다는 걸 깨달았다. 금방 사정할 것 같았다.

갑수씨는 테이블 위에 있던 것들을 흡사 영화에서 그러는 것처럼 한쪽으로 다 쓸어 치워버렸다. 그리고 테이블 위에 올라가 누웠다. 그녀가 위에 올라탔다. 당장 내일 아침 학생들이 이 테이블 주변에 옹기종기 모여 앉아 하늘에 계신 우리 주 예수님을 찬양하며 행복한 표정으로 서로에게 사랑한다 말할 것을 떠올리니 스무 번을 사정하고, 닭이 울기 전에 이 사정을 세 번 부인한 사람의 입에다 사정하고, 이를 보지 않고는 믿지 못하는 자의 얼굴에도 사정하고, 급기야 하늘에 승천하면서도 사정할 수 있을 것 같은 기분이 들었다. 그리고 빵. 갑수씨와 그녀는 꽉 부둥켜안고 몸을 떨었다. 갑수씨는 생각했다. 아. 이것이 말로만 듣던 '영빨'이란 말인가.
그러나 갑수씨는 교회에 나가는 대신, 야외에서 섹스를 하는
데 중독되고 말았다.

10

맥주를 마셨다,
그리고 같이 **잤다**

　동아리방에서의 영적 체험 이후 갑수씨의 기벽은 갈수록 심해졌다. 겨울의 눈 덮인 지리산에 갔다가도 인적 없는 휴게소라도 발견하게 되면 곧바로 여자친구를 끌고 들어가 바지를 내렸다. 그 지긋지긋한 지리산 휴게소 이야기는 우리 무리의 대화에서 어쩌다 지리산이 거론될 때마다 갑수씨가 눈치 없이 꺼내놓는 에피소드였는데, 엉덩이에 찬 기운이 바로 닿아 당장 얼어붙을 것 같은데 자지만 뜨겁다가 차갑다가 왔다갔다하는 기분을 아느냐는 말로 주변의 인문학적 멸

시와 혐오와 다소간의 어쩔 수 없는 부러움을 부채질하고는
했다.

억지로 예배를 따라갔다가 교회 지하의 교리공부방에서
섹스를 하게 된 날 또한 그랬다. 한쪽 벽에 산상수훈이나 오
병이어의 기적에 관한 어린 학생들의 그림이 가득 붙어 있는
그 방안에서 갑수씨는 여자친구와 오랫동안 키스를 했다. 천
장과 벽 사이로 연신 아멘 소리가 스며드는 가운데 갑수씨는
여자친구를 뒤에서 안아 티셔츠 안에 손을 들이밀고 빵 두
개를 열심히 조몰락거렸다. 그러고는 자세를 바꾸어 슬며시
그녀의 입안에 물고기 비슷한 것을 집어넣었다. 실제 그랬는
지 확인할 수는 없지만 아무튼 전해 듣기로 그녀의 입안 가
득 사정을 하고 난 갑수씨는 하늘에 계신 우리 아버지 들으
라는 듯, 그러니까 정말 이렇게 말했다고 한다.

빵 두 개와 물고기 한 마리로 군중을 먹이셨도다.

그런 상태로 몇 달만 더 방치되었다면 갑수씨는 아마도 어

느 정신 나간 파트너와 함께 어디 청와대 화장실 진입 같은 걸 시도하다가 아홉시 뉴스의 한 꼭지에 등장하게 되었을 거고, 나와 만날 일도 없었을지 모른다. 그러나 일은 그렇게 되지 않았다. 이제 와 가장 좋았던 섹스 스팟으로 뚝섬 화장실을 꼽는다지만, 지금 거기 가서 다시 해보라고 하면 하지 못할 것이었다. 모종의 사연으로 인해 그의 기벽은 오래전에 사라져 자취를 감췄다.

갑수씨가 야외에서의 섹스를 거의 그만두다시피 한 데는 모종의 사연이 있었다. 그 이야기를 하려면 경기도 성남시 분당구 수내동의 공순자씨에 대해 먼저 언급해야만 한다. 수내동의 공순자씨는 신촌에 있는 학교를 다녔는데 역 근처에 방을 하나 잡아두고 살았다. 그녀의 아버지는 분당 외곽에서 작은 주물 공장을 운영했었다고 하는데, 그녀의 표현에 따르면 "1999년 웬만한 중소기업이 다 그랬듯 유행 따라 같이 망했"다. 아무튼 아이엠에프라고 하면 뭐든지 다 설명이 되던 시절이었다.

갑수씨와 순자씨는 텔레마케팅 아르바이트를 하다가 만났다. 아직 내비게이션이라는 게 없던 때였다. 삐삐만한 크기에 음성으로 안내되는 GPS를 판매하는 일이었는데 갑수씨는 꽤 실적이 좋아 팀장의 사랑을 독차지했다. 순자씨는 갑수씨보다 한 달 늦게 팀에 들어왔다. 그녀는 쉬는 날이 두 번 돌아오는 동안 단 한 건의 실적도 올리지 못했다. 팀장은 갑수씨에게 순자씨를 일대일로 마크해 통화 시나리오를 교육시키라 지시했다. 그날 밤 갑수씨는 순자씨와 인사동의 호프집에서 맥주를 마셨다. 그리고 같이 잤다. 갑수씨는 내성적인 줄로만 알았던 순자씨의 허리 돌아가는 광경을 보고 흡사 〈엑소더스〉의 테마음악이 귀에 들려오는 듯한 감동을 받았다. 둘은 사귀기로 했다.

어느 날 출근해보니 사무실에 자물쇠가 채워져 있었다. 팀장은 전화를 받지 않았다. 어쩌다 겨우 통화가 연결된 부장은 자신도 굉장히 곤란한 상황이나 잔금이 들어오는 대로 너희들 월급부터 챙겨주겠다고 말했다. 그리고 이후 한 달 동안 연락이 끊어졌다. 갑수씨는 자기도 모르는 사이에 대책위

원장 같은 것이 되어 다른 팀원들의 동의를 구해 구청이며 노동청이며 돌아다니면서 떼인 월급을 받아내려 동분서주했다.

 며칠 뒤 갑수씨에게 한 통의 전화가 걸려왔다. 부장이었다. 갑수씨는 마침 순자씨의 집에서 그녀와 뒹굴고 있던 참이었다. 피곤한 건지 절박한 건지 알 수 없는 목소리가 수화기 너머로 들려왔다. 노동청에 넣은 진정을 취소하면 밀린 월급의 절반을 선입금하고 상황이 나아지는 대로 나머지를 주겠다는 이야기였다. 그럼 각서를 쓰시죠. 갑수씨가 말했다. 갑수씨와 부장은 다음날 동대문의 이대병원 앞에서 만나기로 약속하고 전화를 끊었다. 내일 같이 갈까? 응 그래. 순자씨의 낯빛에 잠시 어둠이 스쳤다 사라졌으나, 갑수씨는 별 의미를 두지 않았다. 갑수씨는 저녁을 먹으러 나갈 심산으로 주섬주섬 옷을 챙겨 입었다.

11

"난 **저런 사람**이랑

　　같이 있는 게 **너무 싫어**"

　버스에서 내렸다. 동대문 이대병원 앞의 정류장은 갑수씨
에게 굉장히 친숙한 곳이었다. 한동안 새벽시장에서 보세 옷
을 떼다 인터넷 판매를 한 일이 있었기 때문이다. 정류장
앞에는 편입학원이 있었다. 나도 내가 지금 뭘 하고 있는 건
지 모르겠어요, 의 낯빛을 한 아이들이 초점 없는 눈으로 거
리를 가득 메웠다.

　갑수씨는 길을 건너 병원 쪽으로 걸어갔다. 경기도 성남시

분당구 수내동의 공순자씨는 갑수씨보다 두어 발자국 뒤처져 걸어오고 있었다. 갑수씨는 부장을 전혀 믿지 않았다. 그는 사실 부장이 써주겠다는 각서에 대해서도 별 의미를 두고 있지 않았다. 거의 두 달 만에 보게 되는 부장이다. 그동안 구청과 노동청을 오가며 발품을 팔게 만든 장본인이다. 갑수씨는 부장의 멱살을 잡아 패대기를 처서라도 당장의 분풀이를 하고 싶었다.

마침내 자그마하게 마른 체구에 은갈치 정장을 입고 오성식을 꼭 닮은 얼굴로 담배를 피워대고 있는 부장의 잉글리시한 모습이 시야에 들어왔다. **아 갑수씨 왔어요.** 세상 모든 짐을 짊어지고 있는 듯 갈라지고 피폐한 목소리로 부장이 말했다. **정말 어렵게 뵙네요.** 갑수씨가 억지로 웃으며 말했다. 부장이 당황스러운 눈빛으로 주변을 둘러보다 갑수씨 등 너머에 시선이 고정되었다. 그러더니 이상하게 격양된 톤으로 말을 건넸다.

아, 순자씨도 같이 대표로 왔나보네. 허허허.

허허허, 라니. 갑수씨는 허허허, 라고 웃는 사람은 앞으로 믿지 않아야겠다고 생각했다. 내 참나, 허허허, 라니.

셋은 청계천 방향으로 한 블록을 더 걸어가, 부장이 이끄는 다방에 들어갔다. 순자씨는 오렌지주스를, 갑수씨는 쌍화차를 시키려다 다소 어른스러운 위악으로 보일 것 같아 유자차를 시켰다. 부장은 아무것도 주문하지 않았다. 부장은 안주머니에서 주섬주섬 도장과 볼펜을 꺼내더니 예의 각서를 쓰기 시작했다. '나 개차반은 익일 오후 4시까지 희나리 지점의 팀원들에게 미지급된 월급의 절반을 지급하고, 익일 기준 구십 일 안에 잔금을 지급하겠습니다. 이와 같은 사항이 이행되지 않을 시 민형사상 어떤 책임이라도 받겠습니다. 2001년 3월 12일 개차반' 부장이 도장을 쿵, 하고 찍었다. 인주 없이 그냥 빨갛게 찍혀나오는 자동도장이었는데, 참 도장마저도 통신판매스럽구나 생각했다. 시간 되면 막걸리나 한잔 합시다, 나 정말 힘듭니다. 부장이 죽을상을 하고 말했다.

전통주점에 들어갔다. 떠나아간 내 사라앙은 어어디에, 의 대목에 두부김치와 막걸리 두 병을 주문했다. 어느 신비의 주류계 구루에게 배운 것마냥 완벽하게 학습된 동작으로 막걸리병을 뒤집고 흔들어 뚜껑을 깐 부장은 사발에 막걸리를 가득 채우더니 건배를 유도했다. 어찌된 일인지 순자씨는 안절부절못하고 있었다. 잠시 부장이 화장실에 간 틈에 갑수씨가 물었다. 왜 그래. 순자씨가 말했다. 난 저런 사람이랑 같이 있는 게 너무 싫어, 나 그냥 먼저 갈게. 순자씨는 자리를 떴다.

발갛게 취한 부장이 돌아와 앉더니 너스레를 떨었다. 어라, 순자씨 갔네? 이후 부장은 줄곧 가장의 고단함에 대해 털어놓기 시작했다. 졸업해서 취직하고 결혼하고 애 낳고 또 애 낳고 돈은 벌어야 하는데 세상은 아이엠에프 다 뭐다 시끄럽고 대기업에서 잘려서 지금 텔레마케팅을 하고 있는데 이것도 결국 이렇게 되었으니 나도 참 운이 더러워, 그런데 나도 사기당한 거야 갑수씨. 갑수씨는 묵묵히 듣고 있었다. 그러다 어느 순간 연민을 느꼈다.

아버지 세대를 향한 갑수씨의 마음이란 뿌리깊은 분노와 더불어 묘한 연민과 슬픔이 함께하는 것이었다. 아 부장님! 우리들의 아버지!

술이 조금 더 올랐다. 둘은 건배를 엄청나게 주고받았다. 아 이것이 바로 한국의 화해로다! 그때 부장이 말했다. 그런데 순자씨는 왜 갔는지 모르겠네. 순자씨 아주 제대로인데. 순자씨 들어온 그날 있잖아, 우리 중동 사무실 거기서 존나 했거든. 그런 애들 먹는 건 정말 쉬워. 뭐랄까 목표 같은 것에 대해 썰을 풀다가 자빠뜨리면 그만이거든. 갑수씨도 알겠지만 말이야, 사무실 같은 곳에서 떡을 친다는 게 굉장히 꼴리는 일이야. 그런 거 있잖아, 내가 떡친 책상 위에서 누군가 서류를 쌓아놓고 펜 끝을 굴리면서 말이야……

갑수씨는 머리가 하얘졌다. 무슨 말을 해야 할지 얼른 떠오르지 않았다. 그러나 결코 놀란 기색을 보이지 않았다. 아니, 보이고 싶지 않았다는 게 정확한 표현일 것이다. 아 그

렇죠! 그저 같이 웃었다. 하하하하하허허허허허허허하하하
하하하하허허허.

  아직 쌀쌀함이 묻어나는 밤거리를 갑수씨는 한참 혼자 걸
었다. 기꺼이 부장과 함께 웃으며 '멀쩡한 듯 보이려 노력했
다'는 말이 무색하게 사실 정말 멀쩡했던 자신을 상기했다.
혐오감보다는 열패감이 먼저 들었다. 부장은 갑수씨의 미래
였다. 갑수씨는 부장의 과거였다. 그날 밤 갑수씨는 순자씨
의 집에 가지 않았다. 아니 그러지 못했다. 어쩐 일인지 이후
로 순자씨에게서도 단 한 번의 연락도 오지 않았다. 하루를
넘겨 이틀 뒤에 월급의 절반이 입금되었다. 부장에게서 문자
가 왔다. **갑수씨 우리 종종 봅시다.** 갑수씨의 기벽은 그렇
게 사라졌다.

인터미션 #2

혼자 누워 있을 때 고추를 만지면 기분이 좋아진다는 음험한 세계의 놀라운 비밀을, 아, 난 일찌감치 깨닫고 있었다. 초등학생이었다. 이불을 뒤집어쓴 채 배꼽 아래를 벽에다 열심히 문질러댔다. 흐억, 크억. 허벅지와 고추가 뜨겁게 달아올랐다. 램프의 바바를 부르는 알라딘처럼, 놋쇠그릇을 은그릇으로 바꿔놓겠다는 며느리의 집념마냥 미친 듯이 비비고 문질렀다. 상념의 굴곡이 며느리에 가닿자 오 며느리, 좀더 달아오른다. 어느 순간 몸이 붕 뜨는 것 같다. 순이야! 어, 어, 어, 우주다, 우주와 만난다, 저것이 지구인가, 난 누군가 또 여긴 어딘가, 싶다가 지치면 잠들곤 했다.

하루는 인생과 우주의 비밀을 공유하는 친구와 떡볶이를 먹다가 넌지시 물었다. "거기 비비면 기분 이상해지는 거 알어?" "뭘 비벼?" "그거 말이야, 고추." 경멸에 찬 눈초리가 돌아왔다. 떡볶이와 오뎅 사이의 시간이 흐른 뒤 친구가 입을 열었다. "우리집에 가자."

그가 보여준 건 '야간 간호사'라는 제목의 포르노였다. 흑인은 감기에 걸렸다고 했다. 병원에서 야간 근무 중인 간호사가 흑인의 입에 체온계를 집어넣었다. 그러자 흑인이 간호사의 입에 고추를 집어넣었다. 도대체 알 수 없는 상호작용 반작용의 원리다. 감기 걸렸다면서 입원은 왜 했지? 체온계를 넣으면 고추를 주는 게 서양의 예의인가? 그러거나 말거나 흑인의 고추는 거대했다. 〈스타워즈〉의 첫 장면에 나오는 스타 디스트로이어만큼이나 컸다. 귀가 큰 보통 사람 대통령이 TV에 나와 거듭해서 강조하던 금강산댐이 아마 저만큼 클 거다. 그러다 빵! 거대한 고추에서 액체가 터져나와 간호사의 젖가슴을 타고 흘렀다. 이런 야끼만두 같은 새끼! 나는 친구를 뜨겁게 포옹했다.

그날 밤 태어나서 처음으로 사정을 했다. 몽정이었다. 꿈속의 상대는 간호사였다. 그녀는 우리집 부엌방문 뒤에 다리를 벌리고 앉아 있었다. 상의를 열고 그 위로 무너져내렸다. 그리고 영화에서 본 것처럼 고추를 이렇게 저렇게 밀어넣었다. 찢어지는 비명소리! 환희! 할렐루야! 하늘에 계신 우리 아버지! 좀더! 좀더! 금강산댐이 무너지고 있어! 안 돼 안 돼, 참을 수 없어, 어, 어, 어, 어, 평화의 댐! 펑.

"보통 사람이 대통령이 된 건 하나회 멤버들 중에 고추가 제일 컸기 때문이야." 내 첫 사정 이야기는 늘 노태우에서 끝났다. 그녀는 자지러졌다. "그래서 팬티는 어떻게 했는데?" "먹색 비닐에 둘둘 싸서 버렸어." "아깝다." "비와이씨였어." "저런." 그녀가 갑자기 진지해졌다. "그 간호사 예뻤어?" "예뻤지." "얼마나?" "히메나 선생님 같았어." "히메나?" "천사들의 합창." "아." 그녀가 자세를 고쳐 잡았다. "그러니까 네놈의 이상형은 히메나 선생님이냐." "굳이 비유하자면 히메나 간

94

호사랄까." "너도 내 이상형은 아냐." "알아." "그럼 왜
만나주는지도 알아?" "글쎄다."

그녀가 갑자기 벌떡 일어나 옷을 훌훌 벗어젖혔다.
알몸이 된 그녀는 옷장 앞으로 가 흰색 재킷 하나를 끄
집어내더니 아무렇게나 걸쳐입었다. 침대 위로 올라온
그녀가 말했다. "고추가 귀여워서." 이게 무슨 소리야,
네가 경험이 박약해서 그렇지 내 고추는 레이아 공주
를 뒤쫓는 스타 디스트로이어만하다, 고 말하고 싶었
으나 곧 신나는 쾌감이 하체를 뒤덮어 언어를 쓸어갔
다. 귀여운 고추가 그녀의 입안에 들어가 있었다. 그녀
의 긴 머리가 허벅지를 쓸어내렸다. 흡사 고추만 따로
떼어져 우주 공간을 떠돌고 있는 게 아닐까, 싶어졌다.

"날 히메나 간호사라고 생각해." 다스 베이더의 거
친 숨소리가 내 목구멍을 타고 올라왔다. 체온계 따위
는 필요 없었다. 저 옛날 몽정의 기억이 생생하게 되살
아났다. 재킷을 열어 젖무덤을 움켜쥐었다. "절 치료
해주세요!" 쑥, 꽝, 펑, 쾅, 우지끈, 바르르, 파지직, 쿵.
평화의 댐이 무너졌다.

12

해방의 그날,
중력에 순응하는 두 덩이의 환희

    갑수씨는 기본적으로 말수가 많은 사람이 아니다. 그러나 그런 그도 유독 뉴스를 볼 때만은 수다스러운 사람이 되고는 했다. 시사문제에 관련된 화두가 던져졌을 때도 마찬가지였다. 무리들끼리 술을 마시다가도 파고들 틈이 생기면 장황하게 지금 장안을 어지럽히는 논쟁의 역사성이나 그에 관련된 정파의 뒷이야기를 흡사 무협지처럼 굉장히 신이 나서 들려주곤 했는데 그럴 때마다 사실 우리는 크게 귀기울이지 않았다.

그런 갑수씨가 정작 스스로의 소위 정치적 소신이나 의견에 대해 말하는 일이 결코 없다는 걸 눈치챈 건 우리가 따로 단둘이 자주 어울린 뒤였다. 하루는 그에게 물었다. **갑수씨는 어느 당을 지지하시나요?** 커피잔에 얼굴을 파묻고 있던 갑수씨가 야권단일화의 기세로 솟구치더니 입술을 파르르 떨며 되물었다. **지지요? 지금 지지라고 하셨습니까?** 그러더니 갑수씨는 한참 동안 말을 잃었다. 나 또한 내가 무슨 실수라도 한 것인가 싶어 덩달아 입을 열지 못했다. 말 한 마디 없이 잔이 다 비어갈 무렵 갑수씨가 말했다.

제가 네 살 연상의 운동권 출신 누나와 연애했던 이야기를 한 적이 있었습니까?

아니 지지하는 정당을 물었더니 이번에도 연애 이야기란 말인가. 하마터면 나는 그를 걷어찰 뻔했다.

그녀는 〈모래시계〉에 나오는 대학생 고현정 같았어요. 처음 보는 순간 그 긴 머리가 이쪽 어깨에서 다른

쪽 어깨로 우아하게 쓸려넘어가던 할렐루야의 장면을 잊을 수가 없군요. 같이 술을 마시다가, 마시고 또 마시다가 그녀가 제 무릎에 손을 올렸던 날이 또한 떠오릅니다. 저는 그 위에 제 손을 포겠습니다. 그 부드러움에 대해서는 이하 자세한 설명을 생략하겠습니다. 손을 만지는 것만으로 저는 이미 세 번 사정한 것 같았으니까요. 그 손을 쓰다듬었습니다. 그리고 용기를 내어 꼭 잡았어요. 그녀도 제 손을 꼭 잡았습니다. 차마 눈을 마주치지도 못한 채 서로의 손만 바라보며 악수를 하듯 꼭 마주잡았어요. 문득 보니 그녀의 손목에 문신이 새겨져 있더군요. 생각지도 못한 일이라 좀 놀랐습니다. 아무래도 그런 이미지가 아니었거든요. 하지만 아무렇지 않은 듯 조용히 들여다봤지요. 거기에는 정말 아무것도 아니지만 정말 아무것인 양 그게 그러니까,

해방, 이라고 쓰여 있었습니다.

갑수씨가 그녀를 만난 건 독일 월드컵이 한창이던 2006년

6월의 밤이었다. 친구 손에 이끌려 호프집에 당도한 갑수씨는 친구의 직장선배라는 사람과 악수를 나누었다. 말쑥한 정장 차림의 남자는 의외로 무슨 그래픽 디자이너라고 했다. 그리고 거기서 그녀를 발견했다. 그녀와 눈이 마주치는 순간 그들의 배경으로 실내 스크린 가득 안정환이 토고의 골문에 공을 차 넣고 있었다. 사람들이 벌떡 일어서 만세를 외쳤다. 그 파랗고 드넓은 공간 안에서 안정환에게 시선을 빼앗기지 않고 서로에게 고정되어 있던 건 갑수씨와 그녀뿐이었다. 갑수씨는 그녀를 소개받았다. 그녀는 그 선배라는 사람의 아내였다. 이틀 후 그들은 서로의 손을 부비적거렸다.

손목에서 문신을 발견한 해방의 그날 둘은 모텔을 찾았다. 모텔의 좁은 통로 가득히, 우리 종족이 번식하지 않을래야 도무지 번식하지 않을 수 없도록 창조주에 의해 세팅된 저 뒤엉킴의 요란하고 달콤한 교성들이 새어나오고 있었다. 방문이 닫히자마자 갑수씨가 그녀를 거칠게 끌어안았다. 그녀도 갑수씨를 안았다. 둘은 키스를 했다. 신발을 대충 벗어던져버리고 그대로 침대 위에 뛰어올라갔다.

온몸에 꿀이라도 발라놓았다는 듯이 빨고 핥고 씹기를 십여 분. 마침내 그녀가 갑수씨를 밀어냈다. 그리고 스스로 윗옷을 벗었다. 하늘거리는 하얀색 반팔 티셔츠였다. 이어서 브래지어가 풀려나갔다. 그 와중에도 키스하면서 한 손으로 브래지어를 예술처럼 벗기는 데 나름 장인의 자존감을 가지고 있었던 갑수씨는 이를 그녀에게 보여주지 못했다는 이유로 내심 속이 쓰라렸다. 이어서 거짓말처럼, 그녀 손목의 해방이라는 단어가 떠올랐다. 그게 무슨 의미일까. 해방? 해애애방? 그러나 단상도 잠시. 브래지어가 풀려나가는 그 순간 출렁이며 중력에 순응하는 두 덩이의 환희 앞에 갑수씨의 멘탈은 붕괴되고 말았다. 아름답다! 이것은 아름답다! 이어서 잘록한 허리와 그 밑의, 그 밑의. 갑수씨는 매트리스 위로 벌떡 일어서 자기 옷을 찢어발기듯이 벗어던졌다. 그리고 무릎을 꿇어 그녀의 몸을 안았다. 살이 살을 물어뜯는 것 같았다. 그들은 밤새도록 섹스를 했다.

갑수씨의 이야기가 이어지는 와중에 나는 이 점에 이르

러 의문을 제기했다. 정말 밤새도록 섹스를 했습니까? 말 그대로 밤새도록 내내 쉬지 않고 했다는 말입니까? 갑수씨가 시선을 회피하며 말했다. 물론입니다.

13

그녀의 살을 아무리 세게 문질러도
그 살은 **그놈** 것이다

아랫배로부터 아무래도 이래선 곤란하다, 는 신호를 받고 갑수씨는 슬그머니 실눈을 떴다. 날이 밝아 있었다. 그녀는 보이지 않았다. 일어서서 화장실 쪽을 살펴보았다. 거기에도 그녀는 없었다. 뭐, 유부녀니까. 갑수씨는 어깨를 으쓱거렸다. 냉장고를 열었다. 듣도 보도 못한 이름의 싸구려 오렌지 주스가 시야에 들어왔다. 주스를 꺼내 마시고 밤새 모은 방귀를 뀌고 모텔방을 나섰다. 교성으로 가득했던 복도는 언제 그랬느냐는 듯 고요한 아침의 나라마냥 싸늘했다. 열쇠를 건

네받는 주인장의 눈은 마분지에 구멍을 뚫어놓은 듯 무덤덤했다. 문을 열자마자 허물어지듯 쏟아진 볕 탓에 조금 의기소침해졌다. 가로수들이 반짝거렸다. 살을 아무리 세게 문질러도 그 살은 그놈 것이다. 갑수씨는 그녀의 남편에게 질투를 느끼고 있다는 사실을 깨달았다. 매미가 너무 시끄러웠고 갑수씨는 내심 놀랐다.

서너 번을 더 만난 이후 갑수씨는 남편에 대해 묻기 시작했다. 남편 사랑해요? 그녀가 빤히 쳐다보며 말했다.

응, 사랑해.

매번 같은 대답이었다. 그럴 때마다 갑수씨는 명치가 아파서 죽을 것 같았지만 평소보다 조금 더 시끄럽게 웃어가며 입안에 고인 뜨거운 공기를 남몰래 뱉어내곤 했다. 그리고 화제를 돌리기 위해 늘 그녀 손목의 문신을 놀려대는 길을 택했다. 맙소사 해방이라니. 해방이라니 우헤헤.

해방의 사연은 이랬다. 대학 시절 후배들 의식교육시킨다고 과방에서 배정해준 여자선배가 있었단다. 그 선배는 그녀와 필요 이상으로 붙어다니려 했다. 그러면서 이상하게 술만 마시면 키스하자고 덤볐다. 하루는 삽입 섹스가 여성에게 아무런 기쁨을 주지 않는다느니 계급운동의 시대는 막을 내렸다느니 민족해방 따위의 구호는 젠더 착취의 또다른 유행일 뿐이며 오로지 여성주의만이 유일한 대안이고 나아갈 길이라느니 뭐 이런 이야기를 한참 늘어놓고는 또 벌겋게 취해서 치근덕거리는데, 그날따라 그 말들이 그렇게 짜증이 나고 싫었다고.

그녀는 다음날 한쪽 손목에 해방이라고 새기고 학교에 나타났다. 그리고 선배에게 아직 핏기가 가시지 않아 번들거리는 문신을 보여주었다. 선배는 한동안 그걸 들여다보더니 다른 쪽 손목에 혹시 여성, 이라고 쓰인 게 아닌지 확인해보았다. 그리고 말없이 그녀 곁을 떠났다. 두 번 다시 서로 알은척을 하지 않았다.

그럼 왜 안 지웠어요? 응? 난 이거 멋있다고 생각하

는데, 그렇게 말하는 그녀를 바라보며 갑수씨는 설레고 아팠다. 갑수씨는 그녀와 같이 있을 때 피부의 결을 하나하나 헤아리듯 섹스를 했고 집에 돌아와서도 그녀를 상상하며 자위를 했다. 사실 서로 통하는 관심사는 많지 않았다. 언제나 말이 많은 쪽은 그녀였다. 그녀는 주로 운동권 시절 무용담을 들려주었다. 그때 그놈들이 지금 어디 당에서 뭔 약을 팔아대고 있는지 장황설 끝에 미친 듯 깔깔대고 웃었다. 갑수씨는 PD며 NL이며 투쟁이며 노선이며 뭐 이런 이야기를 그것 참 재미있게도 끝까지 다 들어가며 그녀를 사랑했다. 갑수씨는 그녀를 사랑하고 있었다.

어느 날 그녀가 약속장소에 나타나지 않았다. 전화도 받지 않았다. 동교동 삼거리의 린나이 빌딩 앞에서 두 시간을 기다린 갑수씨는 비참한 기분이 들었다. 갑수씨는 우울한 마음으로 집에 돌아와 혼자 소주를 마시고 약속을 지키지 않은 그 비열한 여자를 성토하고 그녀 생각을 하면서 자위를 하려다 빤쓰를 내렸는데 왜 세우지를 못하니, 왜 세우지를 못하니, 성기를 수염처럼 늘어뜨린 채 잠이 들었다.

아침에 일어나 보니 문자가 도착해 있었다. 미안해, 남편과 문제가 있어서 나가지 못했어. 갑수씨의 마음이 허물어졌다. 그래, 결국 남편 때문이었구나. 남편 때문에 나오지를 못했구나. 싸우다가 싸우다가 막 집어던지고 싸우다가 어느 순간 눈이 맞아서 화해의 섹스라도 한 걸까. 화해의 섹스를 했는데 두 번 하고 너무 좋아서 나 같은 건 이제 더이상 신경쓰고 싶지도 않아진 걸까. 눈에 눈물이 고였다. 갑수씨는 벌떡 일어나 소주를 꺼내 마시며 오늘은 출근 따위 하지 않겠다고 다짐했다. 그리고 위험한 생각에 빠져들었다.

14

어느 날부터
발기가 거의 되지 않기 시작했다

일주일이 지났다. 그동안 두어 번의 전화가 걸려왔다. 그러나 갑수씨는 그녀와 아무 말도 하고 싶지 않았다. 어차피 유부녀다. 연애를 하자고 만난 것도 아니지 않았나. 애초 하룻밤이었는데 길어졌을 뿐이다. 이대로 조용히 끝내는 게 사실 가장 좋은 방법이다. 이 관계에 섹스 이상의 무엇이 있는 것처럼 구는 순간 서로 치졸해지는 거다. 아니 그런데 그녀가 지금 하고 있는 게 그거다! 그거다! 감정을 인질 삼아 어쩌자는 건지! 대체 무엇을 책임질 수 있길래! 머리를 쥐어뜯으며 갑수씨는 그렇게 정액을 닦고 치워 딱딱하게 굳어버린 크리넥스 휴지 같은 생각들로 시간을 보냈다. 사무실에서도 멍하니 앉아 있기 일쑤였다. 집으로 돌아갈 때는 몇 번이고 역을 지나쳤다. 별 이유 없이 당산역에서 내려 양화대교를 걷고 다시 합정역에서 지하철을 타기도 했다. 한강물은 시커 멓고 기분 나빴다.

어느 날부터는 발기가 거의 되지 않기 시작했다. 히메나 선생님 사진을 보아도 킬리 하젤이 꿈속에 나와도 아침이고 밤이고 발기가 되지 않았다. 안 서! 안 선다구!

퇴근길에 압구정역 앞의 비뇨기과를 찾았다.

발기가 잘 안 되신다고요.

네.

아예 안 되시는 겁니까.

그런 건 아닌데 거의 안 된다고 보시면……

환자분 나이에서는 잘 나타나지 않는 증상인데 혹시 최근 세게 걷어차이신 적이 있습니까.

아니요.

성병 경력이 있으신가요.

있긴 있는데 심각한 건 아니었던 걸로 기억합니다만.

그건 제가 결정합니다.

하얀 고무장갑을 낀 의사선생의 손이 갑수씨의 귀두를 만지작거렸다. 일단 소변검사와 정액검사를 하고 사진을 찍어보지요.

소변 담을 종이컵을 주는 간호사의 눈에서는 영혼이 보이질 않았다. 결재서류를 올리듯 소변이 담긴 종이컵을 건네주었다. 저쪽에서 누군가 갑수씨를 불렀다. 갑수씨는 기다란 소파와 TV가 있는 작은 방으로 안내되었다. 역시 종이컵을 받았다. 여기 정액을 담으시고요, 끝나고 나면 TV 끄고 나오세요. 아 이것이 말로만 듣던 비뇨기과의 딸방이구나. 갑수씨는 우두커니 서 있다가 주섬주섬 비루한 동작으로 바지를 내렸다. TV를 켜지는 않았다. 그녀를 떠올렸다. 그녀와의 시간들을 떠올렸다. 그녀의 목소리를 떠올렸다. 자동판매기마냥 종이컵이 채워졌다. 갑수씨는 바로 나가지 않고 소파 위에 주저앉아 종이컵을 들여다보았다. 한참을 들여다보았다.

길다면 길고 짧다면 짧은 검사가 끝난 후 의사선생과 갑수씨는 다시 마주앉았다. 자, 일단 여기 보시면요. 소변과 정액에서 별다른 염증이 발견되지 않았습니다. 이쪽에 이건 환자분 성기고요, 그러니까 성병문제도 아니고 해면체나 혈관 쪽이나 아무런 이상이 발견되지 않았습

니다. 자세한 검사를 원하시면 해볼 수는 있지만 아마
도 심리적인 이유 같고요, 크게 걱정할 일은 아닙니다.
그래도 일단 신경정신과를 찾아가보시는 게 좋겠지요,
아무리 심리적인 이유라도 원인을 모르고 계속 방치해
두면 영구적인 손상으로 이어질 가능성이 있으니까요.
갑수씨는 소스라치게 놀랐다.

　아니 여보시오 의사양반 내가 고자라니 내가 고자라
니!

　집으로 돌아온 갑수씨는 침대 위에 털썩 주저앉았다. 그리
고 간헐적 발기불능의 소변기를 물끄러미 내려다보았다. 이
게 사는 거냐. 이게 사는 거냐고. 이렇게 살 수는 없지. 더이
상 그녀에 대해 신경쓰지 않겠다. 갑수씨는 다짐했다. 다짐
하고 또 다짐했다. 세번째 다짐이 끝나갈 무렵 휴대폰 문자
음이 울렸다.

　그녀였다.

갑수야 우리 처음 만났던 포차 기억나니, 너 나올 때까지 거기서 기다릴게. 너무 보고 싶다 갑수야.

문자를 한참 노려보았다. 정말 참을 수가 없다. 이 분노를 참을 수가 없다. 대체 이 여자는 나를 뭐라고 생각하는 건가. 언제든 대체 가능한 육노예? 니 남편놈이랑 사이가 안 좋아질 때만 만나는 철없는 애인? 문득 며칠 전 빠져들었던 위험한 생각에 가닿았다. 갑수씨가 침을 꼴깍 삼켰다.

자정이 되어갈 무렵 포차에 갑수씨가 모습을 드러냈다. 그녀가 거기 있었다. 이미 많이 마신 듯했다. 테이블에 소주와 맥주가 둘 다 있는데 이걸 섞지 않는다는 건 인류자원의 중대한 낭비다. 갑수씨는 그렇게 말하고 폭탄주를 만들어 미친 듯이 들이켰다. 정작 불러놓고 그녀는 별말이 없었다. 언제나 말이 많았던 그녀였다. 그녀는 묵묵히 술을 마시며 폭주하고 있는 갑수씨를 바라보았다.

포차를 나선 그들은 처음 같이 잤던 모텔로 향했다. 손은 잡지 않았다. 그랬더니 영 처음 걷는 길인 양 모든 것이 달라 보였다. 예의 주인장은 보이지 않았다. 값을 치르고 열쇠를 받아 방으로 올라갔다. 복도에서 교성이 들렸던가? 방문을 닫으며 갑수씨는 잠시 딴생각을 했다. 그녀가 화장실에 들어가 샤워를 하기 시작했다. 갑수씨는 문득 아래 힘이 쏠리는 걸 느꼈다. 소변기가 성기로 돌아왔다. 취한 기운 때문인지 머릿속을 가득 채우고 있는 그 생각 때문인지, 갑수씨는 의외로 놀라거나 기쁘지 않았다. 이걸 세운 것은 성욕일까 복수심일까. 그녀가 화장실에서 나왔다. 니가 날 육노예 정도로 생각했다면 나도 널 그렇게 다루어주지. 갑수씨는 그녀를 잡아 침대 위로 내동댕이쳤다. 그리고 뺨을 때리기 시작했다.

15

그녀가 내 것이면 좋겠다,
매일 같이 잘 수 있으면 좋겠다,
아침에 일어났을 때
너의 부은 얼굴을 볼 수 있으면 좋겠다,

…좋겠다

순간 모든 장면이 정지된 것 같았다. 그러나 곧 계속되었
다. 갑수씨는 제정신이 아니었다. 아마도 그녀 또한 마찬가
지였다. 주인님이라고 해, 주인님이라고 말해봐. 비명 같
은 소음들이 오고갔다. 빨갛게 달아오른 그녀의 엉덩이가 움
찔거렸다. 갑수씨는 그녀의 목을 졸랐다. 눈 코 입을 지울 것
처럼 얼굴을 문질러댔다. 뺨을 때렸다. 지금까지 단 한 번도
해보지 않은 자세로, 역시 단 한 번도 입에 올려본 일이 없는
온갖 종류의 음탕한 말을 쏟아냈다. 그리고 침대 시트 위에

흘러내린 단어들을 그녀가 주워 반복하게 만들었다. 벽에 금이 가는 장면을 본 듯했다. 갑수씨는 사정을 했고 두 사람은 그대로 쓰러졌다. 방안에는 숨소리만 가득했다. 아무도 말이 없었다. 갑수씨는 내심 복수를 한 것 같은 기분이 들었다. 그러나 아무것도 후련해지지 않았다.

갑수씨는 울 것 같은 기분이 들었지만 굳이 그러지 않았다. 이 상황에 내가 울면 반칙이라는 생각이었다. 그는 돌아누운 그녀의 작고 곧은 등을 바라보았다. 감싸안고 싶었지만 그럴 수 없었다. 믿을 수 없게도, 갑수씨의 머릿속은 여전히 그녀의 남편에 대한 생각으로 가득차 있었다. 그녀가 내 것이면 좋겠다. 그녀가 나는 네 것이라고 말해주었으면 좋겠다. 매일 같이 잘 수 있으면 좋겠다. 아침에 일어났을 때 너의 부은 얼굴을 볼 수 있으면 좋겠다. 좋겠다. 좋겠다, 라는 말이 이토록 무력한 것이었는지 전에는 몰랐다. 갑수씨는 좋겠다, 라는 말의 무게에 눌려 버둥대다 잠이 들었다.

꿈속에서 갑수씨는 공사판에서 일하는 인부였다. 월요일부터 금요일까지 시멘트를 던지고 벽돌을 나르고 모래를 고르고 강판을 오르내렸다. 금요일 밤이면 업소에 가서 여자를 샀다. 여자는 늘 같은 사람이었다. 여자는 갑수씨를 여보라고 불렀다. 이틀을 머물며 그는 일주일 내내 번 돈을 다 써버렸다. **여보 ㅎㅎㅎ 여보 ㅎㅎㅎ**. 날이 밝으면 그는 다시 공사판으로 돌아갔다. 그리고 다시 돈을 벌었다.

그후로 갑수씨는 그녀를 두 번 다시 보지 못했다. 지금 뭐 하고 있느냐는 문자가 두어 번 왔지만 그는 대답하지 않았다. 그는 더이상 울지도, 웃지도, 한숨을 내쉬지도 않았다. 지푸라기 같은 얼굴로 담배만 피워댔다. 다시 출근을 하고, 일을 하고, 퇴근을 하고, 잠을 자고, 또다시 출근을 했다. 가끔 술을 마셨지만 혼자 마시고 일찍 잤다. 더이상 양화대교를 걸어서 건너는 일 따위는 하지 않았다.

계절이 바뀔 즈음에는 언제 무슨 일이 있었냐는 듯 발기도 잘되었다. 최신 야동을 다운받으려고 결제용 인증번호 문자를 기다리다가, 갑수씨는 자신이 드디어 그녀를 떨쳐냈음을 깨달았다. 하지만 아무런 감흥도 없었다. 그는 밥숟갈을 들 듯이 인증번호를 누르고 야동을 다운받아 보았다.

이야기를 듣는 내내 나는 평소와 달리 웃음기가 없는 갑수씨의 표정에 마음이 복잡했다. 화제를 바꾸기에는 너무 멀리 와버렸다는 생각이 들었다. 갑수씨는 태연한 모습으로 커피를 홀짝거렸다. 나는 갑수씨가 묘사한 장면들이 진짜 있었던 일일까 의심했다. 갑수씨의 심란한 연애사는 내게 예능이었지 다큐였던 적이 없었다. 그가 가학적인 섹스를 즐기는 장면은 상상이 되지 않았고, 사실 지저분해서 떠올리고 싶지도 않았다.

카페 밖으로 시끌벅적한 소리가 들려왔다. 선거 유세 차량이었다. 나는 그때야 이 이야기가 왜 시작되었는지 기억을 해냈다. 그래서. 그래서, 갑수씨는 왜 정치에 대해 자기 의견이 없다는 거죠? 눈이 마주쳤다. 갑수씨가 아, 이게 그러니까 그래서 나온 이야기였지, 싶은 표정으로 눈동자를 굴렸다. 운동권이니 정치인이니 결기니 투쟁이니 변절이니 하는 이야기는 그때 이미 충분히 들었습니다, 뭐 그 뒷이야기들을 소재 삼아 비아냥거리는 건 그 나름대로 재미있고 그래서 저도 자주 떠벌리게 되는 주제이긴 합니다만. 갑수씨가 커피잔에 남은 한 모금을 털어넣으며 말을 이었다.

하지만 제가 지지해야 마땅한 정당의 이야기를 하기 시작하면 그녀 생각이 납니다. 그건 싫습니다. 그뿐입니다.

유세 차량이 지나갔다. 나는 미동조차 하지 않는 갑수씨의 표정에서 새삼 공포를 느꼈다.

갑수씨는 꼰대가 될 겁니다.

왜죠?

모두에게 자기 과거는 연민과 애증의 대상입니다. 그건 어쩔 수 없는 겁니다. 하지만 자기 과거를 신화화하는 사람은 꼰대가 될 수밖에 없습니다.

저는 제 과거를 신화화한 적이 없습니다, 지나고 나니 결국 별일 아니었다는 이야기 아닙니까. 연애를 주제로 하는 우리 대화가 늘 그런 식 아니었나요.

나는 갑수씨를 노려보았다. 아니요. 테이블에 늘어놓은 담배와 라이터를 챙겨 주머니에 넣으며 나는 말했다.

지나고 나니 너무 큰 일이었다고 말한 겁니다, 그리고 저는 이제 갑수씨가 걱정되기 시작했습니다. 아니, 짜증이라는 단어가 더 어울리겠군요.

나는 도대체 알 수가 없다는 표정으로 올려다보는 갑수씨를 남겨두고 먼저 자리를 떴다. 그리고 차라리 성병에 걸려 팬티 바람으로 개포동 밤거리를 질주하다 전봇대에 이마를 두드리고 울어대던 갑수씨가 그리워졌다. 현실을 규정하고 행동을 결정하는 모든 종류의 가치판단이 과거의 경험으로부터 기인했다 믿는 사람이라니 대체 그런 자와 무엇을 함께

도모하고 나눌 수 있단 말인가. 나는 누군가의 삶에 그런 식으로 개입되고 싶지 않다. 그의 이유가 되고 싶지 않다. 상대가 갑수씨처럼 한없이 냉소적인 사람이라면 더욱 그렇다. 내가 아는 세상에 한 겹이 더해진 것 같은 기분이 들었다. 사람이란. 갈수록 알 수가 없다.

나는 갑수씨를 더이상 만나지 않겠다고 다짐했다.

꿈을 꾸었다. 꿈속에서 꿈을 깼다. 나는 침대 위에 누워 있었다. 눈을 뜨니 천장에 아침볕이 걸쳐 있다. 조금 열린 창문으로 따뜻한 바람이 불어들어왔다. 거짓말같이 황폐한 꿈을 꾸었다. 마음이 여전히 아픈 걸 보니 와 정말 대단했어.

오른쪽이 묵직해 고개를 돌렸다. A가 내 어깨를 베고 잠들어 있다. 나는 슬그머니 일어나 A의 얼굴을 오랫동안 내려다보았다. 손가락을 코에 넣었다가 입에 넣었다. 손톱으로 토끼 같은 앞니를 긁었다. 두 손으로 뺨을 눌러 모았다. 입술이 툭 튀어나와 어부바. 그것 참 잘생겼다. 이렇게 내가 너를 바라보고 있다는 걸 알려주고 싶어 툭툭 결국 깨워버렸다. **야옹아 이것 봐 정말 불쾌한 꿈을 꾸었다. 우리가 헤어졌다니깐.** 일러바치듯 털어놓았다. 에이 그럴 리가 없잖아. A가 귀찮은 듯 대답하더니 나를 폭 안았다. 다리 사이에 허벅지를 끼우고 두 팔을 목에 감았다. 이러면 98퍼센트 정도 완벽에 가까운 자세가 된다. 원래 한몸이었던 것처럼 튼튼해 원폭도 견뎌낼 만큼 단단하다. 아. 그래 그게 다 꿈이었다니. 다행스러워 뼛속까지 행복하다.

A가 쪽지를 내밀었다. 여기 적어둔 것 가서 사와. **맛있는 거 해줄게.** 그래 배고프다. 헐렁한 티셔츠에 반바지를 주워 입었다. 신용카드와 쪽지를 양쪽 주머니에 넣었다. A가 눈치채지 못하게 담배도 챙겼다. A는 내가 담배 피우는 걸 무척 싫어했다. 현관문을 닫고 밖으로 나왔다. 이제는 제법 볕이 뜨겁다. 슬리퍼를 질질 끌며 마트를 향했다. 담배를 꺼내 물었다. 후룩 빨았다 휴우 내쉬고. 가슴팍이 저릿한 게 아

충만하다.

　마트가 보인다. 주머니에 손을 넣었다. 그런데 이상
해. 손끝에 잡혀야 할 쪽지가 없다. 카드만 있다. 주머
니 속을 다 끄집어내 탈탈 털었다. 그래도 없어 나는
당황했다. 어디 보자 쪽지에 뭐가 쓰여 있었더라. 뭐
지. 모르겠다. 그러고 보면 쪽지를 받아들고 왜 한 번
도 들여다보지 않았지. 안 돼. 안 돼. 온 길을 되돌아가
면 찾을 수 있을까. 그럴지도. 그러나 한 발자국도 움
직일 수 없다. 머리가 텅 비었다. 어디로 가야 할지 모
르겠다. 여기가 어딘지도 모르겠다. 뒤를 돌아볼 자
신이 없다. 돌아보면 무언가 무서운 게 있을 것 같다.
A가 보고 싶었다. 98퍼센트가 안 되면 48퍼센트라도
괜찮으니 다시 안기고 싶다. 나는 왜 A가 준 쪽지를 제
대로 챙기지 않았을까. 나는 왜 A가 하는 말에 귀를 기
울이지 않았나. 너무 속상하고 미안해, 나는 애기처럼
엉엉 울었다.

다시 잠에서 깼다. 조용한 천장에는 아무것도 없었다. 반지하에 볕이 들어올 리 만무하다. 다행히 날씨는 좋다. 바람도 적당하다. 새삼스레 세상이 참 맑네. 간밤에 꿈을 꾸었다. 마음이 여전히 아픈 걸 보니 와 정말 대단했어. 무언가 애틋하고 아련한 게. 그럼 꿈속에서 꿈이라고 생각했던 건 모두 현실인 건가요. 아무래도 그렇지 않겠습니까. 그래야 위배되지 않는 것일 테지요. 위배요? 위배죠. 그것은 무엇에 대한 위배입니까. 그것은 진심과 오해의 쌍곡선 법칙에 대한 위배입니다. 그게 뭔 개수작이지요. 진심이면 진심일수록 곧이곧대로 보이지 않고 들리지 않는다는 말을 해주고 싶었습니다. 아 그렇습니까. 네 그렇습니다.

그렇다면.

나는 그럼 다시 자볼까. 꿈꾸면 한번 더 볼 수 있을까. 한번 더 보면 이번에는 소중하게 여길 수 있을까. 눈을 감았다, 뜨며 나는 조금 괴롭다. 쪽지를 잃어버리

지 말자. 쪽지를 잃어버리지 말아야겠어. 쪽지를 잃어
버리지 말아야겠다. 그러나 쪽지는 영영 사라졌다.

16

결혼을 했다, **고맙습니다**
이혼을 했다, **미안합니다**

반쯤 감긴 눈을 부비며 담배를 꺼내 물었다. 이 동네로 이사 온 건 특유의 묘한 한적함 때문이었다. 이곳은 한낮의 일과 시간마저도 '동네'라는 단어에 어울리는 모양새를 잃지 않았다. 가끔은 이 동네의 이름이 그냥 동네, 는 아닌가 의심될 정도였다. 특히 지금처럼 이제 막 새벽을 맞은 이 동네의 풍광이란 꽤 근사한 것이었다. 서울 한복판이라고는 믿을 수 없을 정도로 조용하다. 불쾌하게 번쩍거리는 것도 없다. 쓰러져 뒹구는 취객도 없다. 가끔 야옹이들이 삶을 재촉하며 오고간다.

　갑수씨를 보지 않은 지 2년이 훌쩍 지났다. 갑수씨 생각을
한 번도 하지 않았다면 거짓말이다. 종종 생각이 났다. 그렇
다고 보고 싶다거나 궁금하다거나 하는 마음은 들지 않았다.
그간 크다면 크고 작다면 작은 일이 몇 가지 있었다.

　결혼을 했다. 고맙습니다. 이혼을 했다. 미안합니다. 수년
동안 머물렀던 곳을 떠나 지금 이 동네로 이사 왔다. 하루는
뱃속에 서러움이 너무 많이 차올랐다. 그래서 밖으로 나가 무
작정 뛰었다. 미친 듯이 뛰었다. 〈엘리펀트맨〉의 존 메릭 같
아 보였을까. 실존인물이었던 존 메릭은 선천적인 얼굴 기형
을 가지고 있었다. 사람들은 그를 코끼리 인간이라고 불렀
다. 영화 속에서 존 메릭은 수많은 인파에게 구경거리로 쫓
기면서 "나는 사람입니다!"라고 외친다. 하지만 그와 달리
내 뒤를 쫓은 건 호기심 많고 잔인한 군중이 아니라 구름같
이 많은 수의 나, 였다. 구름같이 많은 약속들. 우리 세대에
본이 되는 부부가 되겠다고 말했다. 그러나 나는 아무것도

책임지지 못했다. 결국 말만 번지르르한 인간이었다. 형편 없다.

　그때 문득 갑수씨가 다시 떠올랐다. 갑수씨가 알몸으로 뛰어다녔던 거리를 생각해냈다. 갑수씨는 불안정한 사람이었다. 냉소를 온몸에 꽁꽁 둘러맨 채 제 마음을 지켜내고 있지만 실상 나약한 사람이었다. 끊임없이 과거의 경험을 복기하고 반추하고 사유하는 사람이었다. 모든 종류의 경험을 사유의 재료로 삼는다니 나는 피로를 이기지 못하고 그를 떠났다.

　그러나 이제 와 생각해보면 그는 나보다 확실히 나은 사람이었다. 어찌됐든 스스로를 저열한 자라 선언할지언정 언제나 솔직했다. 그렇다. 갑수씨는 내가 만나본 모든 치들 가운데 가장 솔직한 사람이었다. 모순되고 일그러진 세상의 풍경 앞에서도 그러했다. 자신의 삶이 누군가에 의해 그렇게 되기를 원치 않는 것만큼이나, 윤리를 내세워 타인의 삶을 재단하지 않았다. 거기에 합당한 맥락이 있으리라 여기며 어떻게든 설명 가능한 것으로 이해해보고자 노력했다. 그는 더러운 것을 더럽다고 말할 줄 알았다. 더불어 더러운 것을 더럽다고 피하거나 못 본 척하지는 않았다. 그 더러움 안에 뛰어들어 함께 몸을 더럽히며 즐거워했다. 그것은 유연함이 아니라 되레 강직함이었다. 때로는 위악처럼 보일 정도로 과감한 것이었다.

　다른 무엇보다, 그는 자기 주변을 건사할 줄 아는 인사였다. 책임질 일을 최대한 만들지 않는 방식으로라도 말이다. 나는 그게 부러웠는지도 모른다. 피로가 아니라 질투였는지. 아니 나도 참 이 새벽에 찬바람 맞아가며 무슨 남자 생각을 이토록

　갑수씨가 보고 싶어졌다.

　날이 밝자마자 나는 갑수씨에게 전화를 걸었다.

17

Ctrl+z
산다는 것에 **되돌리기** 버튼이 존재한다면

2년 만에 만난 갑수씨의 머리에 서리가 내려 있었다. 전에도 드문드문 새치를 본 것 같았지만 이토록 새하얗다니 이건 그냥 흰머리가 아닌가. 나는 내심 놀라고 말았다. 그런 식의 마지막 모습을 뒤로하고 무려 1년 만이라는 어색함 따위는 이미 머릿속에서 지워져버렸다. 아니 대체 그 머리는 어떻게 된 겁니까. 갑수씨가 멋쩍게 웃어 보였다. 나는 뭔지 모를 스산함에 불길해졌다. 대답을 재촉하는 나를 향해 갑수씨가 입을 열었다.

죽어야겠다는 생각을 했습니다. 그길로 마트에 가서 세제를 사왔습니다. 별 망설임 없이 그걸 통째로 들이 켰지요. 정확히 말하자면 3분의 2까지는 그랬습니다. 나머지 3분의 1이 남았을 때에는 덜컥 Ctrl+z가 떠올랐 거든요. 괜한 짓을 저지른 게 아닌가 싶었죠. 하지만 산다는 것에 되돌리기 버튼이 존재한다면 애초에 죽어 야겠다는 생각이 들지도 않았을 겁니다. 이렇게 말하자 니 쑥스러워지는데 그렇다고 남자답게 한 번에 일을 치 르기에는 뭐랄까,

세제가 너무 많았습니다.

나는 갑수씨의 얼굴을 바라보았다. 죽어야겠다는 생각을 하고 세제를 마셨다니. 나는 자살이나 자해를 하는 사람들을 좋아하지 않았다. 그들의 절박함을 이해하지 못해서도, 종교 적 신념에서 비롯된 것도, 남겨진 사람들이 어쩌고저쩌고 식 의 감상적인 이유도 아니었다. 그저 그런 종류의 선택을 하

는 사람들이 대체적으로 피곤한 타입이기 때문이다. 특히 자해를 하는 사람들이 그랬다.

당장에 닥친 위기를 극복하는 방법으로 자해가 유효하리라 생각하는 사람들은 역설적으로 자기 존재가치를 지나치게 확대 해석하는 경향이 있다. 나 자신이 너무 소중하고 거대해서 그것을 훼손했을 때 대개의 어지간한 문제들을 뭉갤 수 있다 여기는 것이다. 그러나 그런 식으로 대충 뭉개서 해결할 수 있는 일 따위는 세상에 존재하지 않는다. 그리고 자기 생명이 너무너무 숭고한 사람들은 타인의 숭고함에 상대적으로 둔감하기 마련이다.

그래서요.

결국 다 마셔버렸습니다. 빈 용기를 내려놓고 침대에 가만히 누워서 잠을 재촉했어요. 입에서 자꾸 비누 냄새가 올라와 욕지기가 났습니다. 이런저런 생각을 해보았습니다. 하지만 좀체 집중할 수가 없더군요. 어찌됐든 이제 다 끝인데 생각 따위를 하여서 무얼 하나 싶었던 겁니다. 생각을 하다보면 적절한 답이 떠오르기 전까지 아무래도 잠을 이루지 못할 테니 그것도 문제고요. 잠을 이루지 못하면 구토가 올라온다거나 사약을 마신 TV 속 사극배우처럼 피를 토할지도 모른다는 두려움마저 느꼈습니다. 제 토사물에 질식해서 죽고 싶은 마음은 없거든요. 게다가 제가 또 아픈 건 싫어하잖아요. 생각을 지워야겠다는 생각을 하고 생각을 지워야겠다는 생각은 또 왜 하는지 그 생각마저 지우자는 생각을 하다가 이런 생각도 결국 생각의 종류인 건가, 그러다 덜컥 잠이 들었지요.

그런데요.

다음날 멀쩡하게 일어났습니다.

네?

멀쩡하게 일어났다는 말입니다. 어찌된 게 되레 몸이

더 가뿐해진 것 같았습니다. 일어나자마자 화장실에 가서 용무를 보았는데요. 태어나서 그런 쾌변은 처음이었습니다. 스티븐 시걸과 척 노리스가 청국장을 먹고 우정을 나누는 것 같은 쾌변이었어요. 그러고 멍하니 침대에 앉아 있다가 내심 다행이라는 생각을 하게 되었습니다. 아니, 무척 다행이라는 심정이었습니다. 괜한 짓을 저질렀던 거죠. 그러니까 이를테면 세제 3분의 2는 상병 3호봉 같은 겁니다. 제정신과 제정신이 아닌 것 사이, 꺾였느냐 꺾이지 않았느냐의 기준점이랄까요. 담배를 한 대 꺼내 물다가 어제 마셨던 세제 용기가 눈에 들어와 집어들었습니다. 대체 뭐가 들었던 건가 성분이 무엇인가 싶어 확인해보았죠. 그랬더니

친환경 유기농, 이라고 쓰여 있더군요.

갑수씨가 그녀를 만났던 건 내가 그와 연락을 끊은 바로 그즈음이었다. 앞서 언급했듯 갑수씨의 승률이 좋은 건 어디까지나 그의 촉 덕분이었다. 이 방면에서 그는 일종의 슈퍼

히어로에 가까웠다. 이를테면 스파이더맨 피터 파커에게는 큰 힘에 큰 책임이 따른다는 이야기를 해줄 삼촌이 있었다. 갑수씨에게는 없었다. 결국 제 몸으로 부딪쳐 겪는 수밖에 없었다.

이번에도 그의 촉은 잘 작동했던 모양이다. 우연히 마주쳤다. 홍대 예술계 언저리에 분포한 자들이 모여 벌인 느슨한 술자리였다. 그녀를 보자마자 갑수씨는 명치 언저리가 움찔했다고 한다. 딱히 빼어난 미인도 아닌데 조용히 앉아 테이블 위의 땅콩 안주를 헤아리고 있는 모습에 갑수씨는 마음을 온통 빼앗기고 말았다. 술자리를 몇 번 옮기면서 갑수씨는 그녀 또한 자신에게 일종의 신호를 보내고 있음을 눈치챘다.

2차로 온 막걸릿집에서 갑수씨는 그녀의 맞은편에 앉아 있었다. 이런저런 실없는 농담들이 이어졌다. 갑수씨는 대화에 참여하는 일이 거의 없이 그녀 쪽만 가끔 바라볼 뿐이었다. 답답해진 갑수씨가 담배를 태우러 나섰다. 막걸릿집 앞의 둔덕에 걸터앉아 담배를 물었다. 뿜어져나온 연기가 시야를 가득 채우는데 저 뿌연 광경을 홍해처럼 가르더니 누군가 나타

났다. 그녀였다. 그녀가 갑수씨 옆에 앉더니 담배를 꺼내 물었다. 집에 간 줄 알았잖아요. 그리고

누가 먼저랄 것도 없이 키스가 발생했다.

과연 그것은 '발생했'다는 표현 이외에는 설명할 길이 없는 풍경이었다. 누가 먼저랄 것도 없이 두 사람이 부둥켜안고 입술과 얼굴을 부비대었다. 갑수씨의 손이 그녀의 몸을 온통 더듬었다. 갑수씨를 안고 있던 그녀의 두 팔에 힘이 들어갔다.

1년 전의 기억을 헤집으며 담담하게 털어놓고 있는 갑수씨의 표정이 묘해 보였다. 유폐된 자의 평온함 같은 것이 스쳤다. 그때는 미처 알지 못했습니다만. 갑수씨가 말했다. 어떤 영역에 있어선 제가 슈퍼히어로^{Super Hero} 같다고 하셨죠.

그렇다면 그녀는 슈퍼빌런^{Super Villain}이었습니다.

18

상대를 **지옥** 끝까지
끌어내리는 **연애**

빼어난 구석이 있는 자라면 살면서 그 방면에서 숙적이라는 걸 만나기 마련이다. 슈퍼맨에게는 렉스 루서가 있었다. 배트맨에게는 조커가 있었다. 홈즈에게는 모리아티가 있었고 폴에게는 대마왕이 있었으며 바베크 탐정에게는 검은 별이 있었다. 그들은 서로 완전히 닮은꼴이되 바로 그 이유로 그것이 동족혐오 내지는 자기 파괴라는 사실을 외면한 채 상대의 절멸을 도모한다. 그리고 상대의 부재가 이 세계에 평화를 가져올 것임을 확신한다. 평화는 무슨 갑수씨에게는 그녀가 그랬다.

홍대 주변의 모텔이라는 모텔은 전부 돌아다녔다. 어느 곳
의 수압이 강한지 옷걸이는 튼튼한지 난방은 잘되는지 온수
는 바로 나오는지 하다못해 벽지의 무늬가 음각인지 양각인
지 프린팅인지까지 알게 되었다. 그녀와의 섹스는 좋았다.
한번은 섹스를 하고 있던 중 그녀가 울음을 터뜨렸다. 깜짝
놀란 갑수씨가 움직임을 멈추고 대체 왜 그러냐고 물었다.
대답을 얼른 해주지 않았다. 갑수씨가 여러 번 재촉해 묻자
그녀가 애기처럼 눈을 부비며 말했다.

이런 순간이 다시는 오지 않을 것 같아서.

나는 인중을 세로로 뚫고 나올 것 같은 웃음을 있는 힘껏
참았다. 걸러지지 않았기 때문에 입 밖에 꺼냈을 때 책임질
수 없는, 마음속 여기저기에 묵은 빨래처럼 널려 있는 감정
들을 경쟁하듯 토해놓는 연인들 사이에 흔히 있을 법한 대화

다. 그러나 갑수씨는 어떨까. 갑수씨는 그 말을 듣고 어떻게 했을까.

내가 아는 갑수씨라면 아마 발기가 안 되었을 것이다. 그러나 놀랍게도, 내가 아는 한 가장 냉소적인 인간이었던 갑수씨는 그녀의 말을 듣고 큰 감동을 받았다. 큰, 감동을, 받았다. 아무래도 문장을 옮겨 적는 것으로는 채 표현되지 않는 둘만의 공기라는 것이 있기 마련이니까. 그날 밤 그들은 그게 그러니까 우주가 팽창하는 속도로 아무튼 여러 번 했다.

요컨대 그녀는 갑수씨를 안달나게 만드는 방법을 잘 알고 있었다. 상대가 나에게 언제 어디서든 마음으로부터 우러나온 선의를 베풀 준비가 되어 있도록 훈련시킬 줄 알았다. 그녀는 사랑받으려고 태어난 사람 같았다. 당신은 사랑받기 위해 태어난 사람, 의 바로 그런 사람 말이다. 그러나 문제가 바로 거기 있었다. 그녀는 오로지 사랑받기 위해 연애를 했다. 사랑하기 위해서가 아니었다. 자신이 사랑받아 마땅한 인간임을 스스로에게 확인받기 위해 연애를 했다. 상대는 자위기구에 불과했다.

　선천적으로 외로운 사람이다. 태생적으로 자신이 없는 사람이다. 그래서 얼굴을 완전히 갈아엎었다. 수술대 위에서 일어날 때 그녀는 대체 무슨 생각을 했을까. 연애를 자위처럼 하는 이런 부류는 대개 상대를 지옥 끝까지 끌어내리기 마련이다. 갑수씨는 그녀를 얼마나 사랑하는지에 대해 끊임없이 설명하고 온몸으로 증명해야 했다.

　그녀의 요구와 행동은 날이 갈수록 흉포해졌다. 다투었다고 갑수씨를 지방의 어느 이름 모를 국도 한가운데 버려둔 채 차를 타고 혼자 가버린다거나. 전화를 하다가 교통사고가 난 것처럼 연출하고는 휴대폰을 꺼버리고 잠적한다거나. 꼭 저랑 똑같은 여자에게 연애 코치를 받아와서는 우리는 안 될 것 같다며 사람을 들었다 놓았다 한다거나. 어젯밤 니가 꿈속에서 바람을 피웠다며 일방적으로 연락을 끊고 헤어지자는 통보를 해온다거나. 그러다가 지치고 지친 갑수씨가 먼저 헤어지자고 할 참이면 팔뚝에 담배빵을 해가며 자해를 했다.

　질색을 했어야 마땅했다. 그러나 그즈음의 갑수씨는 이미 제정신이 아니었던 모양이다. 섹스만큼은 늘 좋았다. 갑수씨는 그녀와 자신이 레고같이 들어맞는다고 생각했다. 그렇지 않다면 그토록 좋을 리가 없었다. 채 인지하지 못하는 사이 갑수씨는 그녀의 자기애를 위해서만 기능할 수 있는, 일종의 인질이 되어가고 있었다.

세상에 그런 소말리아 해적 같은 년이 다 있군요.

나는 갑수씨를 향한 연민을 담아 말했다. 그래서 세제를 마신 겁니까.

그렇기도 하고 그렇지 않기도 합니다.

19

가슴속에 블랙홀을
간직한 여자

어느 날 극장을 찾은 두 사람이 참 재미없는 영화를 보고 나왔다. 갑수씨가 먼저 밖으로 나갔다. 그녀는 상영관을 나서자마자 화장실 쪽으로 걸음을 옮겼다. 갑수씨는 극장 밖에서 담배를 꺼내 물었다. 불을 붙이고 숨을 들이쉬었다가 내쉬었다. 디지털로 찍어서 다행이야, 필름 아까워 어쩔 뻔했니. 갑수씨는 그녀에게 건넬 첫마디를 정리하고 있었다. 곧 그녀가 따라 나왔다. 그녀가 정문을 열고 나오는 걸 갑수씨는 등으로 느낄 수 있었다. 그런데 그녀가 한마디 말도 없이 갑수씨를 어깨로 툭, 치고 앞으로 걸어가기 시작했다. 냉기가 묻어났다. 음. 따라오라는 건가. 뭐지. 아하. 아까 나올 때 먼저 나가서 기다리겠다는 말 없이 밖으로 나와버린 것 때문이구나. 그래서 화가 났구나. 그렇구나. 갑수씨는 놀라지 않았다. 탄식하지도 않았다. 화가 나지도 않았다. 갑수씨가 알아서 따라올 것을 예상하며 저만치 멀어져가는 그녀의 뒷모습을 물끄러미 바라볼 뿐이었다.

한 모금 분량의 담배 연기가 갑수씨의 입에서 흘러나와 흡사 인간의 육체에서 영혼이 빠져나가듯 허공으로 빨려올라갔다. 갑수씨는 반대방향으로 걷기 시작했다. 발걸음은 단호하고 직관적이었다. 곧 휴대폰이 울려대기 시작했다. 갑수씨는 받지 않았다. 몇 번 더 울려대던 휴대폰에 저주의 문자가 도착했다. 갑수씨는 읽지 않았다. 그걸로 끝이었다. 갑수씨는 그녀와 헤어졌다.

그렇다면 이미 질릴 대로 질려서 가까스로 끝을 낸 것 아닙니까. 대체 죽어야겠다는 생각은 왜 하게 된 겁니까.

그게 말입니다. 갑수씨가 다리를 꼬았다. 그러고는 눈동자를 허공에 두고 굴리기 시작했다. 나는 그가 정확한 단어를 찾기 위해 노력하고 있음을 눈치챘다. 버릇이었다. 그게 말입니다 그러니까

슈퍼히어로와 슈퍼빌런은 상대가 존재할 때만 슈퍼히어로이고 슈퍼빌런일 수 있기 때문입니다.

갑수씨가 그런 생각에 사로잡힌 건 그녀와 헤어지고 일주일 정도 지난 후였다. 육노예 생활을 청산하고 본래의 갑수씨로 돌아온 그는 이전의 연애 이후 늘 그랬듯이 찬찬히 지난 몇 개월을 복기해보았다. 그렇게 객관화하는 과정이 그에게는 꽤 중요한 작업이었다.

생각의 끝에 이르러 갑수씨는 비로소 인정하게 되었다. 그녀, 라는 괴물을 만든 건 나, 라는 괴물이었다는 사실을 깨달았다. 그녀가 그를 지방국도에 내려놓고 갔던 건 그가 취해

서 너의 마음은 가짜라며 진상을 부렸기 때문이다. 전화를 하다가 교통사고가 난 것처럼 위장했던 건 그 또한 이전에 술을 마시다 말고 차라리 죽어버리는 게 낫겠다는 메시지를 남긴 채 휴대폰을 꺼버린 일이 있었기 때문이다. 어젯밤 꿈속에서 바람을 피웠다고 이별을 선언하거나 꼭 저랑 똑같은 여자에게 연애 코치를 받아와서는 사람을 들었다 놓았다 했던 것, 그리고 갑수씨의 이별 통보에 자해를 했던 건 그녀 또한 꼭 그만큼 '우리'에 대해 혼란스러웠기 때문이다.

그들은 서로에게 리액션이 참 좋은 커플이었다. 관계란 결국 작용과 반작용이다. 섹스가 유독 좋았던 건 그들의 성기가 타고나기를 상대를 채우고 채워지기로 예정되었던 것이 아니라, 그만큼 상대의 몸에 대해 반응이 빠르고 정확한 덕분이었다.

갑수씨는 언제나 몸 주변에 갑옷을 두른 듯 단단해 보였다. 냉소적이고 차가웠다. 그러나 실상 그는 언제나 사랑받고 싶어 안달이 나 있었던 것 같다. 사랑하는 방법을 제대로 배워본 일이 없었다. 그래서 그토록 숱한 연애를 했음에도 그녀들 사이에서 끊임없이 부유하고 침전하며 관계를 거듭해온 것이다. 요번에 갑수씨는 자신과 놀랍도록 닮은 사람을 만났을 뿐이었다. 그리고 상대에게서 괴물을 발견했다.

그녀는 가슴속에 블랙홀을 간직한 여자였다. 무엇이든 빨아들였다. 갑수씨가 가슴속에 품은 것이 화이트홀이었다면 그들은 썩 어울렸을 것이다. 그러나 갑수씨의 가슴속에 있는 것 또한 블랙홀이었다. 그녀와 갑수씨를 연결하는 웜홀 따위는 존재할 수 없었다. 갑수씨는 그토록 사랑하고 증오했던 그녀가, 실상 자신의 거울 너머 반영이라는 사실을 담담하게 받아들였다.

그래서였나요.

영영 채워지지 않을 밑 빠진 독을 가슴에 품고 삶을 반복할 거라면 이쯤에서 그만두는 게 어떨까, 싶었습니다. 바보 같았지만.

하필이면 왜 세제였나요. 뭐 그러니까 이를테면 이

세제로 나를 깨끗하게……

거대한 가르마에 코발트색 정장을 입은 조성모가 〈바람필 래〉를 부르는 걸 본 듯 갑수씨가 어깨를 움츠렸다. 아니요. 마음을 먹고 마트에 들어서자마자 눈에 들어온 게 뚫어 펑이랑 세제였는데 정말이지 뚫어펑만큼은 싫었거든요.

우리는 그제야 웃었다. 오랜만이라는 생각이 들었다. 문득 콧등이 저릿했다. 집으로부터 너무 멀리 떨어졌다. 보고 싶 은 것들, 그렇다고 이제 와서 이어붙일 수는 없는 것들, 전에 는 좀체 알 수 없었지만 이제는 이해할 수 있는 것들, 그러나 곧 잊을 것이 빤한 것들이 덮쳐왔다. 나는 갑수씨가 눈치채 지 못하게 아주 조금 울었다.

인터미션 #4

사람들은 타인의 삶에 대해 한 치의 의혹도 남기고 싶어하지 않는 묘한 취미가 있다. 연예인의 가십을 논하는 카페 테이블에서도, 누구네 엄마를 탓하는 반상회 뒷담화에서도, 하물며 틀어진 관계를 두고 서로를 탓할 때도 마찬가지다. 그들은 듬성듬성한 사실 사이의 공백들을 참지 못한다. 명쾌하지 않다면 거기 무언가 더 있을 거라 단정한다. 결국 그 빈틈들을 이야기로 채워넣는다. 타인의 사연은 그렇게 아침드라마가 되고 어느 순간 진실보다 더 설득력 있는 사실로 굳어진다.

그러나 세상은 한 치의 의혹 없이 존재하거나 투명하게 설명될 수 없는 거대하고 허무맹랑한 서사다. 촘

촘하게 흩날리는 사실관계의 씨줄을 가로질러 '삶'으로 엮어내는 것은 사실 별거 아닌 우연이나 되풀이되는 바보짓으로 이루어진 날줄이다. 요컨대 명쾌하면 명쾌할수록 그것은 진실과 별 상관이 없을 가능성이 높다. 말하고 보니 거창한 이야기 같지만, 이건 사실 그냥 연애 이야기다.

커플이 있었다. 다른 커플들과 똑같이 처음에는 죽고 못살았다. 그들은 서로 첫눈에 반했다. 이들은 수시로 "네가 없으면 나는 살 수가 없다"거나 "내가 없으면 너는 어떻게 할 거야"라는 질문을 던지며 상대가 "그렇다면 나는 죽을 거야"라는 대답을 해주길 기대했다. 대답은 대부분 기대했던 그대로 이어졌다. 어르고 달래고 속삭이고 빨고 되새기는 모든 과정이 그들에게는 꿈과 같았다. 소소한 실수나 오해가 있어도 그들은 마냥 행복했다. 이들은 서로에게 완전하고 무결했다.

그러나 어느 순간부터 그들의 관계에는 균열이 생겼

다. 이 균열은 사실상 균열이 아니었다. 원래 관계 자체가 문자 그대로 열 개를 주고 열 개를 받아갈 수 있는 것이 아니었을 뿐이다. 그러나 누가 먼저랄 것도 없이 관계 안에서 주는 것과 받는 것의 공평한 물적 잣대를 요구하기 시작했다.

틈은 점점 더 벌어졌다. 서로에게 서로의 공간을 요구했다. 혼자 있을 자유를 바랐다. 혹은 일방의 배려를 주장했다. 그럭저럭 관계는 이어져나갔다. 어느 누군가가 도망치면 다른 누군가가 잡을 수 있었기 때문이다. 잡으면 잡혀지는 기간이 있다. 더불어 자존심을 억누르고 상대를 잡을 수 있는 기간이 있다. 그러나 대개 그런 종류의 이타적인 감정은 영원히 이어질 수 없는 것이다. 그것을 사랑이라는 낭만으로 당연한 것처럼 받아들이는 상대도, 이 관계의 문제를 이해하지 못하고 단지 잡기만 하면 그걸로 되는 것이라 여기는 나약함도 둘 다 병적인 것이었다.

어느 날 이들은 마주앉아 진지하게 이별을 이야기하기 시작했다. 불같은 순간도 냉담한 시간도 있었다. 지금 이 순간 이별을 논하고 있지만 그들은 차마 그 순간이 정말 오리라 예상치 못했다. 그러나 반드시 어느 누군가는 선택을 하게 마련이다. 관계는 눈 깜짝할 시간에 청산된다. "너가 없으면 죽을 거야"와 같은 말은 허공으로 흩어진다. 연애관계란 그런 것이다. 버림받았다고 생각하는 입장에선 가공할 만한 원망에 사로잡힌다. 이별을 선언할 수밖에 없는 상황을 네가 만들었다 여기는 입장 역시, 처연한 상처를 감당하며 슬픔을 감수한다.

언뜻 보면 어리석은 일이다. 누가 보더라도 헤어지면 답이 없는 근사한 커플이다. 그러나 대개의 연애관계란 그런 식으로 시작되고 끝을 맺는다. 제아무리 대단한 맹약이더라도 상관없다. 다른 모든 관계와 마찬가지다. 연애관계에는 강자와 약자가 존재한다. 고백한 사람이 있고 받아준 사람이 있다. 달아나는 사람이 있고 붙잡는 사람이 있다. 지르는 사람이 있고 참아주는 사람이 있다. 버는 사람이 있고 덜 버는 사람이 있다. 묘한 건 이렇게 언뜻 한쪽으로 기울어져 위태로워 보이는 무게추가, 실은 균형 상태라는 거다. 강자는 강자대로 약자는 약자대로 그 위치와 처세 안에서 만족하고 얻어갈 수 있는 것이 있기 때문이다. 완전히 평등한 관계란 존재하지 않는다. 서로를 강자와 약자로 규정하고 그걸로 상대를 타박하는 어리석은 일만 하지 않는다면, 이런 식의 기우뚱한 균형은 지속 가능한 연애관계의 토대가 될 수 있다.

문제는 서로가 상대를 강자라고 여기기 시작하면서 시작된다. 서로를 마주보며 내가 약자고 너는 강자라고 동시에 항의한다. 약자인 내가 상처받고 버림받으며 일방적으로 희생을 강요당한다고 생각하면서, 그 저변에는 내가 알지 못하는 모종의 이유가 있을 거라 가정한다. 그리고 점점 더 거기에 빠져든다. 그렇게 피해의식 안으로 도피한다. 그러다보니 별안간 "내가 라면으로 보여?" "어떻게 사랑이 변하니?"라는 말이 튀어나온다. 사랑이 변해서가 아니라 니가 라면처럼 굴어서라는 생각은 하지 못한다.

나는 이것을 '관계의 지하철 노약자석 효과'라고 이름 붙이고 싶다. 지하철에는 노약자석이 있다. 언젠가부터 지하철 노약자석은 젊은 세대와 노인 세대 사이에서 혐오와 투쟁의 상징이 됐다. 노인은 청년에게 최소한의 예의를 가지라고 타박한다. 청년은 노인에게 최소한의 상식을 요구한다. 잊을 만하면 노인과 청년들이 자리를 두고 욕설을 주고받는 동영상이 인터넷에 업로드돼 화제가 된다. 당신이 지하철을 자주 타고 다닌다면 그리 드문 광경도 아니다. 공익광고는 '노약자석은 비워두는 것이 아름답습니다'라고 호소한다. 지하철 안에서 노약자석은 일종의 섬처럼 따로 떼어져 일상의 악몽처럼 괴상한 공간으로 일그러져 있다. 저기 가까이 가거나 심지어 앉으면 약자를 배려하지 않는 무뢰한이 되는 것이다.

노약자석은 외부로부터 '규정된' 약자의 공간이다. 규정돼 있다는 게 중요하다. 청년들은 우러나오는 선의 대신 명문화된 예의, 이를테면 '니가 강자니까'와 같은 현실 인식을 강요받으면서 반감을 갖게 된다. 노인은 노인대로 지하철 안의 다른 사람들과 격리됨으로써 스스로를 특수하고 배타적인 태도 안에 가두게 된다. 규정된 약자의 공간을 두고, 실제 현실 상황 안에서 충분히 약자일 수 있는 청년들은 불필요한 죄책감으로 자신의 행동을 규제함으로써 잠재적인 혐오와 반감을 갖게 되는 것이다. 배타적인 피해의식을 가지고 있는 집단과, 강제된 약자에 대해 잠재적인 혐오와 반감을 가지고 있는 집단은 반드시 충돌할 수밖에 없다. 애초 그것이 규정된 약자의 공간이 아니었다면 어땠을까. 과연 청년들이 자신의 선의를 드러내고 자랑할 수 있는 기회를 외면하면서도 노인이 앉을 권리를 부정했을까.

마찬가지다. 앞서 '관계의 지하철 노약자석 효과'라

고 말한 것은 이처럼 타자를 강자로, 자신을 일방의 약자로 규정하고 그에 현실을 끼워맞추면서 빚어지는 일방통행의 피해의식과 반감에서 비롯되는 것이다. 모든 관계가 반드시 지속돼야 하는 것은 아니다. 다만 연애관계란 지속 가능성에 대한 확신 혹은 판타지가 개입됨으로써 가능해지는 것이다. 이처럼 특정한 규정의 함정에 함몰되어 감정의 소용돌이 안에서 휘적거릴 거라면 굳이 연애를 하지 않아도 된다. 혼자 잉여로운 책을 보거나 음악을 들으며 상상의 연애를 하더라도 그만큼의 만족은 얻을 수 있다.

관계가 끊어질 때 당장 아쉬운 쪽은 다음과 같이 말한다. "내가 모두 잘못했어. 우리가 좋았던 그 시절로 돌아갈게." 그러나 그(녀)는 간과하고 있다. 그 시절이 좋았던 건 사실이다. 그러나 지금의 문제는 단순한 변심으로 인해, 사랑이 어떻게 변하느냐 하는 따위의 질문으로 포장할 수 있는 치기에 의해 비롯된 것이 아니다. 그때는 좋았다. 지금에 와서 그 시절로 돌아갈 수 있다고 쳐보자. 그러나 이미 상대는 그 시절로 돌아간다고 해서 그때만큼 행복할 수 없다. 이미 행복의 가치기준이 달라져버렸다. 지금의 불행은 과거의 행복으로 무마되거나 치유될 수 없는 것이다.

그 지점에 이르렀을 때 우리는 나의 불행을 감수하고 참아내기 위해, 더불어 내 자신의 자존감을 유지하기 위해 이 관계의 파행에 다른 무언가가 작용하고 있다고 억지로 상상하게 된다. 상대가 말하는 이별의 이유에 대해, 납득되지 않거나 납득하고 싶지 않은 사실관계의 벌어진 틈마다 자신에게 유리한 가설을 끼워넣는다. 너에게 다른 사람이 생겼다거나 최소한 그럴 가능성이 있는 누군가가 존재한다는 가정을 세우고 첩잠한다. 어떤 사람들은 그러한 착각 안에서 끝내 자신을 보존하며 상대를 '개새끼' 혹은 '쌍년'의 기억으로 남겨둔다. 당장의 정신건강을 위해 그것은 좋은 일일 수 있다. 그러나 장기적인 관점에서 그러한 태도는 아무런 도움이 되지 않는다. 최악의 경우 그 사람과 다시 만나 이 바보 같은 관계를 반복하게 될 것이다.

처음으로 되돌아가보자. 사람들은 타인의 삶에 대해 한 치의 의혹도 남기고 싶어하지 않는 묘한 취미가 있다. 그래서 관계의 비극에 관해 괴상한 음모론과 설명을 끼워맞추고 상대를 욕한다. 그러나 그것은 대부분 '말이 되는' 이야기를 만들어내기 위한 노력으로부터 파생된 상상일 뿐이다. 삶이란 '한 치의 의혹 없이 존재하거나 투명하게 설명될 수 없는 거대하고 허무맹랑한 서사'다. 그(녀)가 당신을 포기한 이유를 자기 자존감의 보존을 위해 굳이 설명하려다보면 위악과 거짓과 파괴의 소용돌이에 빠져들게 된다. 그것은 결코 설명 가능한 영역이 아니며 괜히 설명을 하려 드는 순간 초라해질 수밖에 없다.

잔인한 진실이 여기에 있다. 사람들은 누군가와 사랑에 빠졌던 바로 그 이유 때문에 그 사랑을 청산하게 된다. 그러게 마련이다. 어쩔 수 없는 일이다. 잔인하고 비겁한 일이지만 그것이 현실이다. 살다보면 그런 일들이 종종 일어나고야 만다. 이 글을 쓴 나나 그것을 읽은 독자들이 그러한 관계의 어쩌하려야 어쩔 수 없는 위계를 깨닫고 나아가 더 나은 관계를 가질 수 있을까. 아니라고 본다. 이런 건 가끔 깨닫고 대개 까먹고야 마는 것이다. 관계 없이 살아갈 수 있는 신의 영역에 발을 들여놓지 못하는 이상, 우리는 결국 이 모든 과정을 붕어처럼 되풀이할 수밖에 없다. 그것이 인생이며 사랑이라 일컬어지는 것의 실체다.

20

우리가 **가끔** 깨닫고
대개 까먹는 것들에 대하여

제 인생은 말입니다. 길고 긴 장편소설의 도입부 같은 느낌입니다.

인생, 이라는 단어가 내 입에서 별안간 튀어나왔다. 맥주를 들이켜던 갑수씨가 흠칫했다.

주인공들이 본격적으로 등장하고 그들의 사연이 소개되기 전에 스쳐지나가는 등장인물 말이죠. 그게 저입니다. 제 인생이 남들보다 특별해야 한다거나 싶은 강박은 없어요. 살아가는 동안에 격정적이고 드라마틱한 일들, 아니면 정말이지 마술처럼 행복한 일이 벌어질 거라는 기대도 없고요. 그런 일은 영화나 드라마에서나 나오는 거지요. 대개의 삶에 그런 일 따위는 벌어지지 않는다고요. 하지만 말입니다. 도입부에서 느슨하게 다루어지고 금세 어디 갔는지 모르게 퇴장할 저를 생각하고 있으면 참을 수 없이 슬퍼진단 말입니다. 주인공이고 싶지 않아요. 주인공이고 싶지 않다고요. 그렇다고 고작해야 주인공들의 사연을 풍성하게 꾸며주기 위한 장치 정도의 인생이라는 건 좀 가혹한 일 아닌가요.

그럴지도 모르죠. 갑수씨는 들고 있던 맥주잔을 내려놓았다. 지웅씨의 인생은 정말 그런 종류인지도 모릅니다. 하지만 말이지요,

긴 소설의 도입부 같은 삶을 싫어하는 사람도 있겠지만, 사실 그런 도입부야말로 무엇보다 선명하게 남아

마지막 책장을 덮은 이후에도 사람들의 심장을 파고들기 마련입니다. 잘 쓴 것일수록 그렇지요.

　나는 입을 다물고 갑수씨의 말에 귀를 기울였다.

　〈레미제라블〉의 미리엘 주교를 생각해보세요. 저는 장발장이 마차를 들어올린 시점에 관해선 그게 시장 선출 전인지 후인지 늘 헷갈리지만, 극 초반 굴곡진 혁명사를 통과해낸 미리엘 주교의 이야기만큼은 절대 잊혀지지 않더군요. 이를테면 이런 대사 말입니다.

　"그대에게 숙소를 달라는 사람에게 그 이름을 묻지 마라. 스스로 이름을 밝히기 거북한 자야말로 특히 피난처가 필요한 사람이기 때문이다."

　나는 혀를 차고 말았다. 갑수씨가 무슨 말을 하고 싶은 건지는 알겠습니다. 하지만 제가 말한 맥락에 끼워맞추기에 미리엘 주교는 너무 잘 알려진 캐릭터 아닙니까.

은촛대 은식기 이야기를 모르는 사람이 어디 있냐고요.

갑수씨가 어깨를 으쓱해 보였다. 더 유명하고 덜 유명한 차이에 대해 이야기하고 싶은 게 아니니까요.

갑수씨는 어떻습니까. 갑수씨는 갑수씨의 인생에 대해서 어떻게 생각하십니까. 갑수씨 눈앞에 비행접시가 나타났는데 거기에 버튼이 달려 있어요. 그 버튼을 누르면 인생을 리셋할 수 있습니다. 누르실 겁니까.

아니요.

왜죠.

우리는 종종 시간을 돌려 이 모든 걸 처음부터 다시 시작할 수 있다고 착각합니다. 하지만 우리가 과연 그럴 수 있을까요. 그 악행과 저열한 일들을 다시 반복하지 않을 수 있을까요. 모든 인간은 모순된 존재입니다.

모순된 삶을 살지 않았다고 자부하거나 치부되는 사람들은 위선자입니다.

우리가 삶의 모순을 맞닥뜨리게 되었던 순간들을 다시 떠올려보세요. 그렇게 되고 싶었던, 그렇게 하고 싶었던 적이 있었나요. 그게 그저 타협이었나요. 그 모순은 나의 신념을 지키기 위해서였나요, 타인의 신념을 지켜주기 위해서였나요. 타인의 신념을 지켜주기 위해 발생한 내 삶의 모순이란 선입니까 악입니까. 그것은 지탄받을 일인가요, 아니면 고귀한 희생인가요.

세계의 성분이란 대개의 거짓말과 간헐적인 선행으로 이루어져 있다고 생각합니다. 모순은 필연적입니다. 그렇다면, 이미 벌어진 모순의 총량으로도 우리 인생은 이미 충분히 버겁지 않습니까. 그런데도 그 모순들을 다시 한번 반복하고 싶으신 겁니까. 저는 사양하겠습니다. 우리에게 필요한 것은 모순을 타파하는 것이 아니라 그것을 삶의 체계 안에 포섭하는 일입니다.

제 이야기를 들어보세요. 교회에 나가는 친구가 있

었습니다. 서로 알고 지낸 지 꽤 오래되었어요. 어렸을 때 이 친구랑 같이 헌금함에서 돈도 훔치고 그랬거든요. 아무튼 이 친구가 언젠가 제게 그러더군요. 자기는 만물을 관장하고 굽어보신다는 신의 존재를 믿지 않고, 지상에서 벌어지고 있는 저 믿을 수 없이 끔찍한 일들에 대해 성직자들이 고작 한다는 설명이 '신에게는 너를 위한 큰 계획이 있다' 정도라는 것에 분개한다고요. 예수가 부활해서 승천했다는 것도 상징적인 의미로만 받아들일 뿐이고 가끔씩 목사가 현실의 사안에 대해 하는 말을 듣고 있으면 분통이 터져서 참을 수가 없다고 말입니다. 그래서 그랬습니다. 못 믿겠으면 교회를 나가지 마. 뭐하러 귀찮게 주일마다 교회를 나가. 그랬더니 이 친구가 저를 참 한심하다는 듯이 쳐다보면서 정말 몰라서 묻느냐는 표정으로 그러더군요.

그럼 천국은 어떻게 가.

재미있는 친구군요.

재미있는 친구죠.

우리도 다 마찬가지 아니겠습니까.

우리도 다 마찬가지니까 한 이야기입니다.

우리는 왜 믿지 않으면서 계속할 수밖에 없는 거죠?

연애를?

연애를.

천국에는 가야겠으니까요. 바보 같고 한없이 바보 같고 밑도 끝도 없이 바보 같은, 제정신이라면 하지 말아야 할 것이 연애지만, 어찌됐든 계속할 수밖에 없는 것 아닐까요. 유전자에 새겨진 관성 같은 거죠. 천국에는 가야겠으니까. 행복해지고 싶으니까.

행복한 사람들에 대해 어떻게 생각하세요. 저는 행복한 사람들을 좋아하지 않습니다. 행복한 사람들은 거만하거든요. 하지만

하지만

우리 모두 행복해지고 싶어하죠.

아니라고는 하지만 사실은 행복하고 싶어하죠.

우리는 행복해질 수 있을까요.

한번 두고봅시다. 아주 어쩌면 그런 날이 올지도 모르니까요. 우리가 아무리 책을 읽고 영화를 보고 음악을 듣고 사람을 만나보았자 인생에 대해 뭘 알 수 있겠습니까. 인생에서 정말 잊지 말아야 할 중요한 것들은

가끔 깨닫되 대개 까먹게 되지요.

가끔 깨닫되 대개 까먹게 되니까요.

우리는 마주보고 웃었다.

 갑수씨는 때늦은 고시 준비를 위해 어느 가정집에 하숙을 얻었다. 여자들만 사는 집이었다. 갑수씨는 그 집에서 큰딸과 하고 작은딸과 하고 작은딸 친구와 하고 그 집 새엄마와 하고 나중에는 다 같이 하다가 큰딸의 남자친구에게 현장이 적발되어 3층 계단 위에서 떠밀려 굴렀고 그만 고자가 되고 말았다. 그는 휠체어를 탄 채 낡고 낡은 펜티엄 컴퓨터를 벗 삼아 야설이나 끄적거리며 인생을 낭비하고 있다고 한다.

나는 아내로부터 연락을 받았다. 아내가 미안하다고 말했다. 나도 미안하다고 말했다. 우리는 우리가 처음 마주쳤던 그 길 위에서 다시 만났다. 우리는 다시 함께 살기로 했고 무슨 일이 있어도 헤어지지 않기로 약속했다. 그리고 아들딸을 낳아 행복하게 잘 살았다.

라면 어딘가 극적이었겠지만, 사실 별다른 일은 벌어지지 않았다. 갑수씨는 얼마 전 짧은 여행을 떠났다. 지방의 이곳저곳을 돌며 머리를 식히고 온다고 했다. 아직 채 보고 싶지 않을 때 느닷없이 돌아오겠다며 배낭을 짊어지고 지하철역으로 사라지던 그의 모습이 떠오른다. 벌써 다섯 달째다. 어디서 누구와 배가 맞아 또 뭘 하고 돌아다니는 건지.

아내에게선 딱 한 번, 정말 연락이 왔다. 아내가 미안하다고 했다. 이미 끝난 일임을 둘 다 잘 알고 있었다. 이어붙인다고 될 일이 아니라는 걸 둘 다 깨닫고 있었다. 그래서 그 미안하다는 말이 더 고맙고 아팠다.

나는 요즘 좋은 사람을 만나고 있다. 상대의 단점보다는 장점을 먼저 찾아줄 줄 아는, 나와는 정반대의 사람이다. 그 다르다는 점이 서로 그럭저럭 들어맞는 모양이다. 아직까지 잘 굴러간다. 카페에서 그녀와 소일을 하다가 문득 창밖을 바라보았다. 채 녹지 않은 눈이 도시의 어둡고 후미진 틈새들과 잘 어울려 그것을 빼곡히 채우고 있었다. 한 무리의 젊은 커플이 재잘거리며 뭐가 그리 우습고 즐거운지 까르르 웃으며 걸어갔다. 그 웃음의 여운을 좇다가 나는 문득

마음을 얻기 위해 사랑을 볼모로 상대를 겁박하지 않는 사람이 되고 싶다. 내 신념을 지키기 위해 남을 희생시키는 사람보다 남의 신념을 위해 내가 희생할 수 있는 사람이 되고 싶다. 이것이 아니면 오직 저것뿐이라며 세상만사를 재단하지 않는 사람이 되고 싶다. 내 과거만이 오직 숭고하고 고단했다는 자신감으로 남의 인생에 대해 이러쿵저러쿵 말을 얹지 않는 사람이 되고 싶다. 나만의 진심에 취해 남에게 결코 해서는 안 될 말이나 행동을 하지 않는 사람이 되고 싶다. 사랑하는 사람을 안아줄 때는 핵전쟁이 일어나도 그 사람만은

피폭되지 않을 만큼 꼭 안아줄 수 있는 사람이 되고 싶다. 가장 중요한 것이 무엇인지 아는 사람이 되고 싶다. 가장 중요한 것들을 조금은 덜 까먹는 사람이 되고 싶다.

좋은 사람이 되고 싶다고 생각했다.

지은이 **허지웅**

영화주간지 『필름2.0』과 『프리미어』, 월간지 『GQ』에서 기자로 일했다. 에세이
『버터는 삶에 관하여』『나의 친애하는 적』과 60~80년대 한국 공포영화를 다룬
『망령의 기억』을 썼다. 방송에 종종 불려나가고 있지만 글을 쓰지 않으면 건
달에 불과하다.

개포동 김갑수씨의 사정

ⓒ허지웅 2014

1판 1쇄 2014년 3월 5일
1판 13쇄 2020년 5월 25일

지은이 허지웅
펴낸이 염현숙

기획·책임편집 이연실 | 편집 조연주 | 독자모니터 전금희
디자인 김이정 | 일러스트 지만
마케팅 정민호 이숙재 양서연 박지영
홍보 김희숙 김상만 지문희 우상희 김현지
제작 강신은 김동욱 임현식 | 제작처 영신사

펴낸곳 (주)문학동네
출판등록 1993년 10월 22일 제406-2003-000045호
임프린트 아우름
주소 10881 경기도 파주시 회동길 210
전자우편 editor@munhak.com | 대표전화 031)955-8888 | 팩스 031)955-8855
문의전화 031)955-8889(마케팅), 031)955-2651(편집)
문학동네카페 http://cafe.naver.com/mhdn | 트위터 @munhakdongne
북클럽문학동네 http://bookclubmunhak.com

ISBN 978-89-546-2406-0 03810

www.munhak.com